講談社文庫

# 西鹿児島駅殺人事件

西村京太郎



講談社

# 西鹿児島駅殺人事件——目次

## 第一章　八月九日（金）

### *1*

国鉄西鹿児島《にしかごしま》駅では、午前十時に、木田《きだ》駅長が、臨時に助役たちを集めて、会議を開いた。

毎年八月八日から二十日頃にかけて、西鹿児島駅は、帰省客のラッシュを迎える。

今年も、明日の十日（土）、十一日（日）が下りの帰省列車の第一のピークであろうと、予想されている。

そして、次の土曜、日曜、十七、十八日が第二のピーク。そのあとは、Uターン現象で、今度は、上りの列車が混雑する。

馴《な》れているといえば、いえるのだが、今年は、桜島《さくらじま》の噴火という厄介《やっかい》な問題が、それに加わった。

降灰《こうばい》対策である。

現在、風は、北に向かって吹いているので、西鹿児島駅も、鹿児島の街も、灰の被害を受けていない。

しかし、それが、西向きに変われば、たちまち、街も駅も、降灰の直撃を受ける。

今年は、その可能性が強くなっていた。

台風十一号が、近づいているからである。

吉村《よしむら》助役が、黒板に、チョークで、次のように書きつけた。

一、帰省ラッシュ対策
二、降灰対策
三、台風十一号対策

木田駅長が、大きな声で、この一つ一つについて、説明をし、助役たちの協力を求めていった。

木田は、身体が大きいのと、眼が大きいことから、「西郷《さいごう》さん」の綽名《あだな》がある。

ついでに、いっておけば、西鹿児島駅には、もう一人、「西郷さん」がいる。身体こそひと回り小さいが、よく似た顔をしている。

木田駅長の弟で、現在、鹿児島鉄道管理局のCTC室の係長をしている。こちらの木田係長は、兄の駅長と区別するために、「小さな西郷さん」と、呼ばれることが多い。

「今年も、明日の土曜日、そして日曜日と、第一のピークを迎えようとしています。観光客もやってくる。臨時列車が、ひんぱんに発着するので、事故のないように対処してもらいたいと思います。駅の構内には、先日から、臨時の案内所を設けて好評なので、引き続いて全力をあげてください。明日の十日から十一日にかけては、枕崎《まくらざき》で、港まつりも開かれるため、枕崎線の乗客が多くなると考えられるので、その方面の配慮もお願いします」

と、木田はいった。

ここまでは、毎年、旧盆を迎える際と同じである。

鹿児島から、関西や東京方面に働きに出ている人たちが、旧盆には、どっと帰ってくる。

問題は、あとの二点だった。

木田は、一息ついてから、

「次は、降灰対策と、台風十一号対策ですが、これが、密接に結びついているのは、わかるはずだ」

と、いってから、

「吉村君、これを、貼《は》り出してくれ」

と、鹿児島気象台から送られて来た天気図を、吉村助役に渡した。

吉村がそれを広げて、黒板の隅に、鋲《びょう》でとめた。

九日午前七時現在の台風十一号の位置が、描いてある。

「気象台の話では、十一号は、小型だが強力で、現在、沖縄本島が台風の圏内に入りつつあるということだ。そのまま、まっすぐに進んで、東シナ海へ抜け中国本土に向かえば、鹿児島は大丈夫だが、東に向きをかえると、直撃を受ける可能性もあるといっている。その際、心配なのは、桜島の灰が、鹿児島市に降ってくることです。ないことを祈るが、万一に備えてもらいたい」

と、木田はいった。

降灰の恐ろしさは、誰もが知っているから、助役たちの顔は真剣だった。

市民生活に与える影響も、もちろん大きい。

降灰が激しくなると、昼でも、街は暗くなり、店先に並べた品物は、灰で汚れてしまう。家も車もである。

鉄道の場合は、それに、事故の危険が加わってくる。

精緻《せいち》を極めた現代の科学技術が、意外にもろいように、列車集中制御（CTC）システムは、降灰に対して、弱さを見せてしまうのだ。

CTCは、簡単にいえば、レールに電流が流れていて、A地点に列車がいれば、その列車によって、電流が変化する（短絡する）ので、CTC室の表示盤のA地点に、列車がいることを示す赤いランプが点《つ》く。

ところが、レールに灰が積もると、その上に列車がいても、電流が短絡しない。灰によって絶縁状態になってしまう。つまり、A地点に列車がいるのに、CTC室の表示盤には、赤いランプが点かないのである。

レールの上の灰を除去しないと、この状態は回復しない。

CTCだけでなく、自動化された踏切が、作動しなくなってしまうことがある。列車が近づいているのに、近づいていないことになるので、遮断機《しやだんき》が降りないのだ。

ほかにも、架線や、列車のパンタグラフに灰が積もると、停電状態になって、列車が停まってしまうことも起きる。

電化されたことで、列車の本数も増えて、便利になったのだが、それがかえって、自然の降灰に、弱点をさらすこととなる。

そうなった時、回復するのは、皮肉なことに、国鉄職員の人力によってなのである。

*2*

桜島の噴火による降灰対策で、西鹿児島駅には、いくつかの新兵器が考案され、用意されている。

といっても、実物は、オモチャのように可愛らしく、頼りないものだった。

駅構内に積もった灰を取るのは、自動チリ取りといったもので、職員が一人で押して行って、灰を箱に取ってくるものである。

レール上の降灰対策として、「ハイトール号」が用意されているが、コマーシャルみたいな名の機械も、なんのことはない、原付自転車のタイヤを、鉄の車輪に代えただけの代物《しろもの》で、これに、職員が乗って走って行き、後ろにつけたブラシで、レール上の灰を取り除くだけなのだ。

いちばん大きなものといえば、貨物のタンク車に水を入れておき、放水して、灰を流す洗浄列車というのがある。

しかし、本格的な降灰が始まった時、これらの機械が、どれほど有効だろうか。

降灰が激しかった時、鹿児島鉄道管理局の管内で、踏切の誤作動が続発し、ある踏切では遮断機が、上がったままになっていて、進入したトラックが列車と衝突して、負傷者が出たことがあった。

ＣＴＣも、有効に働かなければ、全線で、徐行運転をしなければならない。

幸い、まだ、降灰によって、死者を出すような事故は起きていなかった。

「もし、降灰が始まり、それに、台風がやって来た場合は、全駅員が出勤して、事故を防ぐようにしたい」

と、木田はいった。

ポケットベルが、たくさん用意され、非番の駅員にも持たせておくことも、会議で決められた。

そのあと、木田は、庶務主任の吉村助役と二人で、駅の構内を見て廻ることにした。

駅長室を出て、すぐのところに、臨時の案内所を設けてある。

といっても、机が一つあって、「臨時案内所」と書いた貼り紙があるだけのものだが、好評ということで、二人の助役が、お客の応対をしている。

木田は、「ご苦労さん」と声をかけてから、改札口の方へ、吉村と歩いて行った。

中央コンコースには、七夕の飾りが、下がっている。

明日から、どっと、帰省客や観光客が、押しかけてくるだろうが、今日は、ひっそりと静かである。

強い夏の陽《ひ》が、コンコースにまで射し込んでいた。

まだ、台風の影響は感じられない。

「静かだね」

と、木田がいうと、吉村助役は、

「平日でも、もっと賑《にぎ》やかであってくれるといいんですが」

と、いった。

九州は、北海道と並んで、国鉄の赤字路線の多いところである。

それに、分割民営化の波を受けて、合理化による人減らしが進んでいる。

西鹿児島駅は、木田駅長の下に、助役十六人と、駅員など二百名以上がいるのだが、それが、どんどん減って来ていた。

職員を減らしながら、増収を計らなければならないのである。

「さわやか号の効果はあがっているかね？」

と、改札口を抜け、各ホームへ通じる地下道へ降りて行きながら、木田が、吉村にきいた。

「お客が、駅に来てくれるのを待っていないで、こちらから、お客を集めようということで企画されたのが、「さわやか号」という車だった。ワゴン車で市内を廻り、旅の案内や、切符の発売、旅行商品の案内をしようというわけで、いわば、「動く旅行センター」ということだった。

「かなりの効果が、あがっているということです。具体的な数字は、あとでお届けします」

と、吉村はいった。

西鹿児島駅は、地下道から、ホームへ上がって行くようになっている。ホームは0番ホーム、1・2番線の第1ホーム、3・4番線の第2ホーム、5・6番線の第3ホームの四本である。

二人が、第3ホームに上がって行くと、ちょうど、寝台特急「明星《みょうじょう》51号」が、到着したところだった。

寝台特急「明星」は、新大阪—西鹿児島間を走っているが、八月一日から十三日までと、九月十二日だけ、臨時の「明星51号」が走る。

その「明星51号」が、一〇時四二分の定刻に、5番線ホームに到着したのである。

七両編成のブルーの客車から、乗客が吐き出されてくる。

夏休みに入っているので、子供連れの人たちが多い。

釣竿や、網を持っている子供もいる。Tシャツ一枚に、リュックサックを担《かつ》いだ青年もいる。

降りて来る乗客の数は、そう多くはなかった。ホームは、一時、乗客であふれ、そして、また静かになった。

「明日に、期待しましょう」

と、吉村助役がいった。

## *3*

CTC制御室は、西鹿児島駅（略して、西駅ということが多い）の裏口を、出たところにある。

正式には、西口出口なのだが、表口が、市の中心街に通じているのに比べ、西口の方は、静かな住宅地なので、街の人たちは、裏口と呼んでいるのである。

しかし、この西口に、鹿児島鉄道管理局の建物や、公安室といった国鉄の中枢が置かれている。

ＣＴＣ室の入口には、「運転事故防止強化運動八月一日から八月二十日まで」と、墨で書いた貼り紙がある。

ここの責任者で、「小さな西郷さん」こと木田係長が書いた字だった。

ＣＴＣ室には、常に、十五、六人の係員が詰めていた。

前面のグリーンの長い表示盤には、鹿児島鉄道管理局が受け持っている駅と、路線が、表示されている。

左端には、日豊《にっぽう》本線「宮崎駅」が表示され、都城《みやこのじょう》、国分《こくぶ》といった駅表示があり、鹿児島、西鹿児島と、鹿児島本線になる。右端に表示されている駅は、「米《こめ》ノ津《つ》駅」である。

この区間を走るすべての列車が、赤いランプで表示される。

今、西鹿児島駅の5番線ホームの赤いランプは、一〇時四二分に着いた「明星51号」である。

木田係長は、腕組みをして、じっと、表示盤を睨《にら》んでいた。

台風が直撃し、降灰の雨があった時、はたして、このCTCが、正常に働いてくれるかどうか、それを考えていたのである。

木田係長は、時々、悪夢のような一日を思い出す。

今日と同じように、暑い日だった。

降灰が、激しかった。

串木野《くしきの》駅から、電話が、入った。

「特急『有明1号』が来ている。それなのに、信号が青にならない。すぐ、出発信号を出してくれ」

と、いうのだ。

だが、CTCの表示盤の串木野駅のところに、列車を示す赤いランプは点いていなかった。

続いて、自動踏切で、事故が起きた。遮断機が降りない。警報機が、鳴りっ放しになる。あるいは、逆に鳴らない。それも、一ヵ所ではなかった。

そして、踏切事故が起きた。

駅の信号や、踏切を、手動に切り替え、全列車を、時速二十五キロに減速させて、なんとか悪夢の一日を乗り切ったのである。

あの日は、降灰だけだった。

台風十一号が来て、降灰と、風雨が重なった時、はたして、このCTCは大丈夫なのだろうか。

「誰か、気象台に電話して、最新の台風情報を聞いてくれ」

と、木田係長は、大声でいった。

## 4

鹿児島市内には、三つの警察署がある。

西鹿児島駅の東側の繁華街を管轄する中央警察署、西側の西警察署、そして、南の工場地帯を管轄する南警察署である。

その西警察署の三階の刑事課で、伊東《いとう》警部が、難しい顔で、東京の府中《ふちゅう》刑務所から送られて来たファクシミリに、眼を通していた。

殺人犯、小西晋吉《こにししんきち》が、今日の午前九時に、出所したという連絡だった。

小西は、枕崎の生まれで、高校を中退したあと、鹿児島市内で働くようになった。

だが、生まれつきの粗暴さと、怠けぐせで、どの仕事も長続きせず、職を転々とした。

その間に、傷害事件を二件起こしている。

八年前の夏、小西は、西鹿児島駅表口のタクシー乗り場で、客待ちをしているタクシーの運転手と、喧嘩《けんか》をした。

原因は、乗ろうとした小西に向かって、口のきき方が、悪かったというつまらないことだった。

血の気の多い小西は、カッとして、持っていたナイフで、その運転手を刺そうとした。

それを、たまたま目撃した、駅の山本《やまもと》という助役が、公安官と駈け寄り、運転手と三人で、小西を組み伏せ、ナイフを取り上げたのである。

ちょうど、女連れだった小西には、それが、大変な侮辱となったらしい。

その後、小西は、釈放されるや、新しいナイフを買い込み、その運転手を、めった突きにして、殺してしまったのである。

西警察署に逮捕された小西は、山本助役と、常田《ときた》という公安官も、殺してやるつもりだったと、自供している。

残忍な殺し方ということで、十年の判決で、府中刑務所に入れられた。

それが二年、刑期を短縮して、今日、出所したという。

伊東は、八年前、小西に手錠をかけた森口《もりぐち》刑事に、送られて来たメモを見せた。

「君は、小西のことを、よく覚えているだろう？」

「はっきり覚えています。まったく反省の色がなくて、あとの二人も殺してやりたいと口走っていましたからね。その小西が、刑期が短縮されたということは、向こうでは、模範囚だったんですかね？」

森口は、信じられないという顔をした。

「そうらしい」

「鹿児島へ帰って来ますかね？」

「たぶんね。ただ、何のために帰って来るかが、問題だよ」

「今でも、まだ、あとの二人を殺したいと考えていたら、ことですね」

「その可能性だって、捨て切れないよ」

「そうですね。あの男は、執念深いところがありますから」

と、森口はいってから、

「あの助役さんと公安官は、今でも、西鹿児島駅にいるんですか？」

「それを調べてみたんだが、山本助役は、今年いっぱいで停年になるといっていた。公安官は、常田という名前だが、こちらもまだ、あそこの公安室にいるよ」

「小西が出所したことは、二人に、知らせたんですか？」

「まだだ。いった方がいいかどうか、わからなくてね。いたずらに、恐怖心をあおってもいかんからね」

「そうですね」

「当時、一緒にいた女の消息は、知っているかね？」

「確か、名前は竹内《たけうち》ひろみでした。あの頃、小西が二十四歳、女は十九歳でしたから、今は小西が三十二歳、女は二十七歳になっているはずです。調べてみますか？」

「ああ、調べてみてくれないか。小西が、その女のところへ戻ってくれでもすれば、ひとまず、安心なんだがね」

と、伊東警部はいった。

5

森口刑事は、八年前の調書を引っ張り出して、眼を通した。

彼の字である。

考えてみれば、森口刑事自身も、若かったのである。

二十九歳で、結婚したばかりだった。

八年たった今、小学二年生の子供もいる。

女の名前は、やはり、竹内ひろみだった。

鹿児島市いちばんの盛り場といわれる天文館《てんもんかん》通りの、「紫《むらさき》」という喫茶店のウエイトレスと書いてある。

森口は、その店へ行ってみることにした。

ちょうど十二時である。

天文館近くで食事をとることにして、森口は、西鹿児島駅の中の地下道を抜け、表口に出ると、市電に乗った。

四つ目の停留所が、天文館である。

映画館、パチンコ店、飲食店、バー、クラブなどが密集している繁華街である。

天文館千日《せんにち》街《がい》のアーケードを入って行くと、頭上に、七夕の飾りがゆらめいている。

ラーメンの専門店が並ぶ一角で、森口は、大盛りのラーメンを食べてから、「紫」

という喫茶店を探した。

雑居ビルの一階に、「紫」という喫茶店は、健在だった。

だが、竹内ひろみは、もういなかった。

店の経営者も、代わっていた。

「前のオーナーは？」

と、森口がきくと、近くのビルで、二十四時間営業のサウナを、やっているという。

森口は、汗を拭きながら、そのビルまで歩いて行った。

銀天街《ぎんてんがい》にあるサウナで、問題の男は、金子《かねこ》という五十歳の小柄な男だった。

「竹内ひろみ？　覚えていませんねえ」

と、いったが、森口が、八年前の事件のことをいうと、

「ああ、あの男と仲の良かった――」

と、思い出してくれた。

「なかなか美人だったが、気の強い娘《こ》だったねえ」

と、いう。

「今、どこにいるか、わかりませんか？」

「一度、結婚したと聞いたなあ」

「結婚？」

「ええ。でも、すぐ別れたという話も聞きましたよ」

「はっきりしたことはわかりませんかね？」

「そういわれてもねえ」

と、首をかしげてから、

「そうだ。彼女と仲の良かった娘の住所なら、知っていますよ。結婚して、この先で、小さなブティックをやっていますよ。彼女なら、知ってるかもしれませんね」

店の名前は、「パリジェンヌ」だと教えられて、また、森口は歩いて行った。

台風が近づいているせいか、ひどく、むし暑い。やたらに汗が出る。

なるほど、小さなブティックだった。

ママというのが、二十九歳で、竹内ひろみの友だちである。

「彼女なら、一週間前に、会いましたよ」

と、ママは、ニコニコしながら、森口刑事にいった。

「どこでです？」

「すぐそこの喫茶店。なんでも、『サンゴ礁《しょう》』というピンサロで働いているんですって。その店、うちの主人に聞いたら、評判の悪い店なんだそうですわ」

「なるほど」

と、森口は肯《うなず》いてから、腕時計に眼をやった。

午後二時になったところである。ピンサロが開くのは、夕方だろう。とにかく、ここまでわかったことを、森口は、伊東警部に報告しておくことにした。

6

午後七時。

東京警視庁捜査一課の田中《たなか》刑事は、妻のユミと、三歳になる息子の徹《とおる》を連れ、寝台特急「明星51号」に乗るために、大阪の妻の実家を出た。

この列車の新大阪発は、二〇時〇五分である。

田中は、今年、三十五歳になる。中年の刑事といってもいい。

学生の時、ラグビー部でFWだったというだけに、百八十センチをこす身長と、九十キロ近い体重の持ち主だった。

しかし、彼が、その逞《たくま》しい体躯を使って、大手柄を立てたことはない。どちらかといえば、地味な刑事なのだ。

地味だが、上からは信頼されていた。いざという時には、この男に任せておけば、きちんとやるだろうという信頼である。

田中は、四年前に、ＯＬだった二歳年下のユミと結婚した。翌年、生まれたのが、息子の徹である。

妻のユミと、息子の徹に、きれいな海を見せてやりたくなって、今年、郷里の枕崎に帰省することにした。

毎年八月に、枕崎で港まつりが行われるのだが、田中は、子供の頃、この祭りが楽しみだった。

カツオの形のみこしをかつぎ、屋台の綿あめを食べ、金魚すくいで遊ぶ。そんな幼い時の経験を、三歳の息子にも、味わわせてやりたかったのである。

妻のユミと徹は、一週間前に、大阪の妻の実家に帰っていたから、二人を迎えに行く形で、大阪に寄った。

新大阪駅に着いたのは、午後七時五十八分（一九時五八分）である。

西鹿児島行きの「明星51号」は、18番線から発車する。

田中は、徹を抱き上げ、ユミと並んで、ホームへ入って行った。

ホームには、「明星51号」を待つ人たちが、あふれていた。

金曜日の今夜、このブルートレインに乗れば、土曜日の明朝一〇時四二分に、西鹿児島に着く。

「混んでるみたいね」

と、ユミが、小声でいった。

「明日の土曜日あたりが、帰省の第一のピークだろうからね」

田中が、いった時、七両編成の「明星51号」が、18番線に入って来た。

二〇時〇〇分である。

全客車、三段式のB寝台だった。

寝台は、すでにセットされている。

田中は、切符を、もう一度見てから、先頭の1号車に乗り込んだ。

真ん中あたりの寝台で、田中が中段、妻と徹は、下段だった。

すぐには眠れそうもないので、下段の寝台に、親子三人で、並んで腰を下ろし、キヨスクで買って来たみかんやジュースなどを、並べた。

「あなたのご両親には、この子が生まれてすぐの時に、お会いして以来だわ」

と、ユミがいう。

彼女も、なかなか眠れそうもないという。

徹は、寝台から降りて、通路を、珍しそうに歩いている。

「大きくなったあの子を見たら、おやじも、おふくろも、きっと喜ぶよ」

「休暇は、何日とれたの？」

「三日もらった。今日と明日と、月曜日は、休めるよ」

「台風は、大丈夫かしら？」

ユミが、心配そうにきいた。

「六時のニュースでは、沖縄近くで、停滞してしまったみたいだね」

「枕崎って、台風のよく通るところじゃなかった？」

「よくったって、年に一度か二度だよ」

と、田中は笑った。

もちろん、田中だって、台風が来ないことを祈っている。

二〇時〇五分。

動き出すと思ったら、列車は、いっこうに動かない。そのうちに、何かあったらしいと、わかった。

車掌が通りかかったので、聞いてみると、どうやら、この列車のドアのせいらしかった。

「明星51号」の客車は、ドアが折りたたみ式で、自動ではない。

走行中は、当然、開かないが、停車したら、二つに折るようにして、手で開ける。乗客の一人がホームに出て、見送り人と喋《しやべ》っているうちに、車内にいた乗客が、手で、ドアを閉めてしまったらしい。

驚いたホームの乗客が、あわててドアを開けようとしたが、うまく開かなくて、動転した。

そのせいで「明星51号」は、四分遅れて、新大阪を出発した。

ホームが、視界から消えると、すぐ車内放送があった。

——本日は、ご乗車ありがとうございます。この列車は、山陽本線、鹿児島本線、西鹿児島行きの明星51号です。全車寝台となっております。

なお、この列車の乗り降りの際、デッキの扉は、自動扉ではありません。飛び降り、飛び乗りは、大変危険ですので、くれぐれもご注意をお願いいたします。

次の停車駅は大阪駅です。大阪駅には、一分停車ですので、どうかホームには、降りないようお願いします。

そんな車内放送だった。

（自動扉ではない客車が、まだ走っているのか）

と、田中は、驚くより、微笑《ほほえ》ましくなった。時間がくると、情け容赦なく自動的に閉まってしまうドアが、好きではなかったからである。

子供たちが、ばたばたと、通路を走っている。三歳の徹も、その中に混じって、一人前に走っていた。

そのうちに、徹は、疲れたらしく、寝台に戻ると、田中にもたれるようにして、コックリを始めた。

三ノ宮を、二〇時三六分に出てすぐ、車内検札があった。

車掌が、大阪車掌区の人間なので、その大阪弁が、乗客の田中には面白かった。

「えらいごめんナ。乗車券拝見します」

と、大きな声でいう。

乗客が、切符を差し出すと、そこに書かれた行き先を口にしてから、相手に戻すとき、

「ほな、返すワ」

と、いう。

改めて、田中が周囲を見渡すと、乗客のほとんどが、大阪弁で喋っている。新大阪発の列車に乗ったのだから、それが、当然なのだ。

「徹を、寝かせるわ」

と、ユミがいった。

「おれは、まだ、眠れそうもないから、ちょっと歩いてくるよ」

田中は、ユミにいっておいて、2号車の方へ、通路を歩いて行った。

田中は、旅行に出たとき、知らない路地を歩いたり、ローカル線の車内を歩いたりするのが、好きだった。

この「明星51号」は、ローカル線ではないが、それでも、通路を歩いていると、さまざまな人生模様めいたものを、のぞくことができて、楽しかった。

まだ、午後九時前ということもあって、ほとんどの乗客が、座席に腰を下ろして、お喋りをしたり、週刊誌を読んだりしている。

通路の補助椅子を引き出して、腰をかけ、窓の外を流れていく夜景を、じっと見つめている若い女性もいた。

その横顔が、深いもの思いにふけっているように見えるのは、夜行列車の中だからだろうか？

ひとりで、寝台に横になって、ヘッドホンで、音楽を聴いている青年もいる。

女子高校生らしいグループもいた。その一角だけ、いやに、明るく華やかなのは、かげのない笑い声のせいだろう。

カーテンを引いて、自分だけの空間を作り、もう、寝息をたてている乗客もいる。

この列車は、食堂車は連結されていないし、車内販売もない。

6号車まで通路を歩いてから、田中は、どの客車も同じ感じなので、1号車の自分の席に、引き返すことにした。

各車両についている洗面所では、これから寝るための準備だろう、顔を洗ったり、歯を磨いたりしている人たちがいた。

男の客がいないのは、順番を待つのが、面倒くさいからだろう。

3号車のデッキまで戻った時、ふいに、「――さん」と、若い女性に呼ばれた。

さっき、通路で、もの思いにふけっていた女性である。

何と呼ばれたのか、とっさに、わからなくて、田中が、「え？」と、きき返した。

女の顔が、すっと近づいて、ニッコリした。

「これを、あとで読んでください」

声と一緒に、二つに折られた白い封筒が、田中の眼の前に差し出された。

「何ですか？」

と、きくと、女は、その封筒を、田中に押しつけて、小声で、

「あとで、ご自分の席で読んでください。お願い！」

と、いい、呆気にとられている田中を残して、車内に、姿を消してしまった。

田中の手の中には、白い封筒と、女の香水の香りが、残った。

田中は、わけがわからないながらも、ひどく甘美な思いにとらわれた。

大学で、ラグビーのFWとして活躍していた頃、何通か、ラブレターをもらったことがある。

その当時のことを思い出した。なによりも、相手が、若く、美しい女だったことが、田中を楽しくさせた。

1号車に戻ると、妻のユミは、徹と、カーテンを閉めて、もう寝てしまっていた。

田中は、アルミの梯子《はしご》で、自分の席である中段のベッドに、もぐり込んだ。

カーテンを閉めてから、枕元の明かりをつけ、かすかなときめきを感じながら、女のくれた封筒を、ポケットから取り出してみた。

白い封筒には、表にも裏にも、何も書かれていなかった。

狭いベッドの中で、田中は、大きな身体をすくませながら、封を切り、中の便箋を抜き出した。

便箋が、三枚入っている。

しかし、字が書いてあったのは、いちばん上の一枚だけだった。ボールペンで、

〈あなたを愛しています〉

と、一行だけ記してあった。字が、しっかりしていないのは、揺れる列車の中で書いたからだろうか。

「ふーん」

と、田中は、鼻を鳴らした。

短すぎる言葉を、どう解釈すればよいか、わからなかったからである。

さっきの女は、いくら考えても、初めて会う顔だった。

年齢は、二十五、六歳だろう。背のすらりと高い、眼鼻立ちのはっきりした顔だった。彫りが深いから、通路で、彼女の横顔を見たとき、もの思いに、ふけっているように見えたのだと思う。

学生時代は、ラガーの一人で、よくもてたが、三十歳を過ぎた今は、平凡な家庭人になってしまった。

身体は大きいが、若い女性から、声をかけられることもない。

とりたてて美男子ではないし、金があるはずもない。刑事になってからは、服装だって、地味である。

(どうも、わからんな)

と、田中は、口の中で呟《つぶや》いた。

初対面の若い女に、「愛している」と書かれたラブレターをもらうというのは、何かの間違いだという気がする。

(人違いかな)

と、思った。

彼女は、「――さん」と、呼んだ。

あれは、何と呼んだのだろうか？

田中さんといったような気もするし、ほかの名前だった気もする。

人違いしたと考えると、残念だが、辻褄《つじつま》が合ってくるのだ。

よく、自分によく似た人間が二人はいるという。三人という人もいるが、田中が、彼女の知っている誰かに、よく似ていたのかもしれない。

彼女が、前から、その男を好きだったとする。たまたま乗った「明星51号」で、ばったり、瓜《うり》二つの田中に会った。そこで彼女は、「あなたを愛しています」とだけ書いたラブレターを作り、田中に渡した。

（どうやら、こんなところか）

7

それでも、田中は、なかなか寝つけなかった。

また、下に降りて、通路に出た。

煙草をくわえて、火をつけ、窓の外に眼をやった。

外の闇《やみ》は、さっきより、濃さを増している。市街地を離れてしまっているらしく、見えるのは、並行して延びる国道を走行している車の、赤いテールランプだけである。

こちらの列車の方が、スピードが速いので、車のテールランプが、後ろに、ゆっくりと流れていく。

しばらくして、真っ暗だった窓の外に、人家の灯が、またたき始めた。姫路第一病院のネオンが見えた。まもなく姫路らしい。

二一時二二分。姫路着。

田中は、何本目かの煙草に火をつけて、姫路駅のホームを眺めた。

ホームは三本見えるが、どのホームも、閑散としている。

カメラを肩から下げた二十七、八歳の男が、この1号車に乗って来た。姫路から、1号車に乗ったのは、この男一人だけである。

二分停車で、「明星51号」は、姫路を出た。

姫路から乗った青年は、鉄道マニアでもあるのか、後ろの方の寝台に荷物を置くと、通路に出て来て、無遠慮に、車内の景色を撮り始めた。

田中も撮られてしまった。が、怒るわけにもいかずに、黙っていると、青年は、ほかの客車の写真も撮るつもりか、2号車の方へ姿を消した。

午後十時近くなって、車内放送があった。

これからの停車駅をいったあと、

――お休みの際は、現金、貴重品に、お気をつけください。盗難にあわれないよう、くれぐれもご注意願います。なお、ベッドでの寝煙草は、ご遠慮願っております。お煙草をお吸いになる時は、通路か洗面所でお願いします。

熊本から、寝台を座席に変えさせていただきます。熊本には七時〇九分到着です。この後、六時頃まで、放送は、お休みさせていただきます。車掌は、門司まで大阪車掌区――が乗車いたします。門司から先は、交代いたします。


と、放送した。

通路の電灯も、暗くなった。

それでも、田中が、通路にいると、妻のユミが、徹と、カーテンを開けて、起きて来た。徹が、おしっこだという。

二人が、洗面所の方に消えるのを見ているうちに、田中は、なんとなく、後ろめたさを覚えた。

ポケットに入れてある封筒のせいである。あの女が、人違いで渡したにしろ、若い女からもらったラブレターで、甘い気分になっていたからである。

田中は、洗面所の方へ歩いて行き、おしっこをすませて出て来た徹を、抱き上げた。

「眠いかい」

「うん」

「よし。パパが、ベッドまで、抱いていってやる」

と、田中はいった。

## 8

午後十時半。

西警察署の森口刑事は、天文館にあるピンサロ「サンゴ礁」のドアを開けて、中に入って行った。

客は少ないのに、音楽だけが、やたらに大きく、スピーカーから流れている。

店内の照明は、決められているはずなのに、やたらに、うす暗かった。この暗さの中で、ホステスと、客が、うごめいている感じがする。

森口は、半袖シャツに、蝶ネクタイ姿のマネージャーに、警察手帳を見せた。

「ここで、竹内ひろみという娘《こ》が、働いているはずなんだがね」

と、いうと、三十二、三歳の、背のひょろりと高いマネージャーは、露骨に、警戒

の色を見せて、

「そんな名前の娘《こ》は、いませんねえ」

「ここでの名前は、違うかもしれん」

と、森口はいい、ひろみの顔の特徴をいった。

「よくある顔ですねえ」

と、マネージャーは、バカにしたようないい方をした。

その顔を、森口は、きっと睨んで、

「協力しないのなら、こんな店ぐらい、ぶっ潰してやるぞ。いろいろと、噂は聞いてるんだ」

と、脅《おど》した。

マネージャーの顔が、青くなった。

「ナオミかもしれませんね」

「じゃあ、その女を、呼んでくれ」

と、森口は、ニコリともしないでいった。

マネージャーが、ホステスを一人、連れて来た。安物の水着姿である。その顔が、八年前の事件を、思い出させた。

「竹内ひろみだね？」

と、森口は、きいた。

相手は、黙っている。それが、肯定の意味に、受け取れた。

「小西晋吉を、覚えているね？」

「忘れたわ」

と、初めて、相手が口を開いた。やはり、竹内ひろみなのだ。

「彼が、今朝、東京の刑務所を出所した。何か、連絡がなかったかね？」

「そんなものないわよ」

ひろみは、怒ったような声でいった。

「おかしいな。向こうの刑務所に、電話して聞いたら、小西のところへは、君から、何通も、手紙が来ていると、いっていたよ」

「――――」

「去年の夏、面会にも、行ってるね？」

「覚えてないわ」

「となると、出所した小西は、この鹿児島に、君に会いに来るか、故郷の枕崎に戻るかだ。当然、電話があったと思うんだがね」

「何もないと、いってるでしょ！」

「別に、小西を、どうこうしようというんじゃないんだ。ちゃんと、刑期を了《お》えて出てくるんだからね」

「それなら、放っといてくれれば、いいじゃないの？」

「もちろん、そうしたいさ。小西が、君を訪ねて来ようと、枕崎へ行こうと、それは、彼の自由だ。ただ、こちらが心配しているのは、小西が、西鹿児島駅の助役や公安官を、恨んでいたことでね。また、刃物を振り廻すんじゃないかと、それが、心配なんだよ。そんなことをしたら、また、刑務所へ逆戻りだ。小西自身のためにも、そんなことは、させたくない。それで、君に聞いているんだ」

「彼のことは、何も知らないわ。今日、出所したんだって、初めて聞くのよ」

と、ひろみは、いった。

本当かどうか、わからない。八年前のあの頃から、この女は、警察に対して、反抗的だった。今は、もっと、それが強くなっているかもしれない。

「正直にいえば、小西が、君と一緒になって、まともな仕事でも始めてくれればいいと、思っているんだよ」

と、森口がいうと、ひろみは、口をゆがめて、

「今度は、甘い言葉で、あたしを、騙《だま》すの？」

「違うよ。あくまでも、小西のことを考えているんだ。君だって、昔、好きだった男のことじゃないか。また、刑務所には入れたくないだろうが」

「もう関係ない男よ」

と、ひろみはいった。

森口は、これ以上、彼女を説得するのを諦《あきら》めて、自分の名刺を渡した。

「小西から連絡があったら、ここへ、知らせてくれ」

「さあ、その気になったらね」

ひろみは、そういって、客の方へ行ってしまった。

森口は、もう一度、マネージャーをつかまえた。

「今日、彼女に、男から電話がなかったかね？」

「売れっ子ですからね。男からの電話は、しょっちゅうですよ」

「真面目に答えろよ。普通の客からの電話じゃないんだ。小西という男からの電話だ。電話があって、彼女が、急に、そわそわしはじめたことはなかったかね？」

と、森口はきき、マネージャーが黙っていると、

「下手をすると、この店の中が、血まみれになるかもしれないんだぞ！」

と、脅した。

「小西かどうか知りませんが、今日、店がオープンしてすぐ、男から、彼女に電話がありましたよ」

と、マネージャーは、やっといった。

「電話の内容は、わからないのか？」

「そんなこと、わかりませんよ。うちの電話には、盗聴装置は、ついていませんからね」

「そのあとの彼女の様子は、どうだ？　何か変わったところはないのか？」

「別にないけど、さっき、明日は、休ませてくださいと、いってましたね」

「明日は、土曜日だね？」

「ええ。うちは、休みじゃないんですがね」

「彼女は、よく休むのかね？」

「気まぐれですからね。しかし、美人だし、明るいから、客はつきますよ」

と、マネージャーはいった。

森口は、その足で、西警察署に戻ると、伊東警部に報告した。

「もし、それが、小西からの電話だったとすると、明日、彼が西鹿児島に帰ってくるということかな」

と、伊東は、眉をひそめていった。

「私もそう思いますね」

「一騒動持ち上がらなければ、いいと思うがね」

「八年の間に、小西の怒りも、消えているんじゃありませんか？　もともと、彼の逆恨みなんですから」

「そうあってくれればいいが、八年間に、憎しみを、じっと、貯えていたということもあるからね」

と、伊東はいい、三階の窓を開けて、夜空を見上げた。

月は出ていなくて、空が暗かった。

「雨かな」

と、呟いて、伊東は、窓の外へ手を差し出した。

その掌《てのひら》に、雨滴が、一粒、二粒と、落ちて来た。

「台風が、来るのかね」

9

まもなく、午後十二時になる。

西鹿児島駅を発着する列車は、すべて、役目を終わってしまった。

今日、当直をする伊集院《いじゆういん》首席助役は、業務日誌を記し終わってから、駅構内の見廻りに、出かけた。

西鹿児島駅は、毎日、午後十二時（午前零時）に、閉められる。そして、翌日の午前四時まで、短い眠りにつく。

一緒に、当直する駅員たちが、正面の入口のガラスのドアに、錠を下ろしている。

「ご苦労さん」

と、伊集院は、彼らに声をかけてから、中央コンコースの中にあるレストランや売店を、見て歩いた。

もちろん、どの店も、もう閉まっている。

コンコースの明かりも落とされていて、ひっそりと、静まり返っている。

乗客の姿のない駅は、どこか不気味である。

伊集院は、時々、この駅に配属されて、初めて当直した夜のことを、思い出す。先輩から、怖い因縁《いんねん》話を聞かされていたので、不安だった。人の気配のない駅の中が、途方もなく広く見えたものだった。

コンコースの大きな時計が、きっかり、十二時を示している。

伊集院は、正面改札口を通って、地下道への階段を降りて行った。

彼の足音だけが、やけに、壁に反響する。

(もう八月十日か)

と、歩きながら、思った。

西鹿児島駅に到着する列車は、午前中に、集中する。

帰省ラッシュを迎える今朝の到着列車は、たぶん、乗車率が、百パーセントをこえているはずである。

列車によっては、二百パーセントを、こすことも考えられる。

(書き入れ時だが、事故がないといいが)

と、いつも、この季節になると、伊集院は思うのだ。

表口から西口に抜け、各ホームへの連絡道でもある地下道は、いつも、きれいに掃除されていて、吸い殻一本落ちていない。それが、この西鹿児島駅の自慢の一つでもあった。

（問題は、天候だな）

と、伊集院は、歩きながら考える。

伊集院は、第3ホームに上がってみて、気のせいか、風が強くなっている感じがした。そして、ぱらぱらと、雨滴が顔を打った。

伊集院は、眉をひそめて、ホームから、夜空を見上げた。

暗くて、よく見えない。月も、星も出ていない感じだった。

ただ、雨は、強くなる気配はなかった。

一瞬、ホームの端が黒く濡れたが、すぐ、雨はやんでしまった。

不安定な天候だということだけは、わかった。

伊集院は、助役事務室に戻ると、鹿児島気象台に、電話をかけた。

気象台は、台風十一号が接近しそうなので、当直を置いていた。

「西鹿児島駅の伊集院ですが、台風十一号は、どうなっていますか？」

と、きいた。

「やや、東に向きを変えて、速度を速めていますね」

と、相手が、いった。

「すると、鹿児島駅を直撃する可能性も、出て来たわけですか？」

「今の段階では、まだ、わかりません。どうも、この十一号は、迷走気味でしてね。停滞するかと思うと、急に速度を速めたりするものでね」

「明日、いや、もう今日ですが、天気はどうですか？」

「それも、十一号の動きによりますね。とにかく、変わりやすい天気だということは、間違いありません」

「桜島の方は、どうですか？　降灰が、こちらに来る恐れはありますか？」

「十分にありますね。それに、噴火が、激しくなる恐れも出て来ています」

「本当ですか？」

「桜島の噴火口付近で、有感地震が、昨日の午後から増えているんですよ。今、注意して、観察しているところです」

「帰省ラッシュの時には、おとなしくしていてもらいたいですね。桜島も、台風十一号も」

と、伊集院はいった。

# 第二章　八月十日（土）

## 1

午前四時。

まだ、外は暗い。今日、八月十日の鹿児島の日の出は、五時三十九分である。

助役事務室で、仮眠をとった伊集院は、当直の駅員と一緒に、表口のガラスのドアを開けた。

また、西鹿児島駅が起きて、活動を始めたのである。

明かりを落としていた中央コンコースや、地下道に、明かりがついた。

三十分もすると、早くも、五、六人の乗客が、入って来た。

西鹿児島駅からの始発は、次のとおりである。

鹿児島本線　六時四五分　有明8号（博多行き）
日豊本線　五時三五分　普通列車
指宿《いぶすき》枕崎線　五時一〇分　普通列車（枕崎行き）

五、六人の乗客は、このうちの指宿枕崎線に、乗る人たちである。
木田駅長も、早々と姿を見せた。

「台風十一号の動きが、どうしても気になってね」

と、木田は、伊集院にいった。

伊集院は、木田と一緒に、駅長室に入ると、

「雨は、どうですか？」

「まだ、降ってないよ。風は強いがね」

「台風が、それてくれると、いいんですが」

と、伊集院はいってから、木田駅長に、冷やしたウーロン茶を出した。

木田は、美味《うま》そうに飲んでから、

「私は、桜島の方も心配でね。なんだか、噴煙が、多くなったみたいじゃないか」

「気象台の話では、桜島の有感地震が増えているそうです」

「大噴火の可能性もあるということか」

駅長の顔が、自然に、硬くなっていく。

噴火と、降灰の恐ろしさを、誰よりも知っているからである。

すでに、駅の機能は動き出している。噴火が大きくなって、灰が降り始めても、その機能は、止めるわけにはいかないのだ。

五時一〇分。

1番線から、枕崎行きの始発気動車が、ディーゼルエンジンの音を響かせて、出発して行った。

これを皮切りに、次々と、列車が出発し、到着してくる。

木田駅長と、伊集院助役は、表口に出てみた。

すでに、夜は完全に明けている。

駅だけでなく、鹿児島の街も、眠りからさめて、動き始めていた。

駅前の商店街では、ビルの扉が開き、車が動き、人々の姿が見えている。

木田は、まず、空を見上げた。

雨は降っていない。ただ、陽は射していたが、雲の動きが、激しかった。

次に、木田は、ビル街の向こうにそびえる桜島に、眼をやった。

今日も、白い噴煙が、高く立ち昇っている。

「昨日と、変わったところはないようだね」

木田は、同意を求めるように、伊集院に声をかけた。

「そうですね。このままなら、大噴火は、なさそうですね。降灰の心配もです」

と、伊集院もいった。確信があって、そういったというより、そうあってほしいという願いをこめての言葉だった。

中央コンコースのレストランや、売店も、店を開け始めた。

喫茶店には、「氷」の看板が出る。夏なのだと、改めて思う。

七夕の飾りが、頭上で、音を立てている。

今日から始まる枕崎の港まつりの宣伝ポスターも、貼り出されている。

「もう一度、気象台へ、問い合わせてくれないか」

と、木田は、伊集院にいった。

## 2

五時五五分。

轟音を立てて、田中たちの乗った寝台特急「明星51号」は、筑後川の鉄橋を渡った。

二分後の五時五七分。列車は、久留米《くるめ》駅に着いた。

田中は、通路にいて、何人かの乗客が降りるのを、眺めていた。

1号車から降りたのは、三十五、六歳の母親と、幼児二人である。

小柄な老人が、ホームに迎えに来ている。

「おじいちゃん！」

と、五歳くらいの男の子は、デッキにいる時から、大声をあげていた。

どうやら、母子連れは、久留米の実家に、里帰りして、それを、祖父が迎えに来たというところだろう。

この時間では、ホームに人影はまばらである。そのせいか、小柄な老人は、孫に、大声で呼ばれて、照れ臭そうな顔をしている。

田中には、その顔が、ほほえましく見えた。顔を洗いに行ったユミと徹が、洗面所がいっぱいだといって、戻って来た。

「もう少し、寝ていたらいいよ」

と、田中はいった。

久留米を出た列車は、次に、大牟田《おおむた》に停車する。

ここのホームも、閑散としている。駅員が一人で、ホームを、掃除しているだけだった。

田中は、なんとなく、通路を、2号車の方へ歩いて行った。

どの車両でも、子供たちが、起き出して、動き廻っている。夏休みなので、子供連れの乗客が多いのだ。

田中は、通路を歩きながら、昨夜の女を、眼で、探していた。

あのラブレターは、人違いでくれたものと思ってはいたが、それでも、まだ、甘い思いは残っていて、彼女と、言葉を交わしたいと、思ったのだ。

少しばかり、後ろめたいのは、ラブレターのことを、妻のユミには、話していなかったからである。

7号車まで歩いてみたが、昨夜の女は、見つからなかった。途中で降りてしまったのか。それとも、カーテンを閉めて、まだ、眠っているのか。

七時近くに、朝の車内放送があった。

——あと二十分で、熊本です。出口は左側です。このあと、七時三八分に八代《やつしろ》、八時二八分水俣《みなまた》——終点西鹿児島には、一〇時四二分着となっております。なお、熊本から先で、寝台を取り片付けます。よろしくご協力お願いいたします。

田中は、あわてて、自分の席に、引き返した。

ユミと、徹は、やっと、顔を洗えたといっている。

七時〇九分、熊本駅に着いた。

ここは、二分停車である。意外に小さなホームには、もう、通勤客の姿が見えた。

熊本駅を出てすぐ、寝台の取り片付けが始まった。

熊本駅から乗り込んできた一人の駅員が、寝台の解体作業を始めた。

駅員の格好をしているが、田中が、聞いてみると、民間の委託業者だという。これも、国鉄の合理化ということなのだろうが、たった一人では、この1号車の寝台を、すべて、解体するには、時間が、かかりそうである。

田中は、どんなふうにするのか、興味があったので、作業状況を見物していた。

中段と下段のシーツや、枕を、上段に放り投げ、中段のベッドについているフックを外して、たたんでしまう。カーテンも、たたんで、出来上がりというわけである。

下段は、そのまま、座席にするわけだが、上段、中段の乗客がいるから、三人掛けということになる。

七時三八分に、八代駅に着いたが、まだ、作業が、続いている。

田中たちのいる1号車の作業が、すべて、終わったのは、七時四〇分を過ぎてからである。

田中は、窓の外に広がる海を眺めた。列車は、ずっと、海沿いを走っている。

熊本から乗り込んで来たらしい車内販売のワゴンが、廻って来た。

ウエイトレス姿の売り子が、朝食の駅弁の注文を取っていく。この列車には、食堂車がついていないし、駅の停車時間も短いから、乗客は、争うようにして、七百円の駅弁とお茶を注文する。

田中も、妻と、三歳の息子、それに自分の三つの駅弁とお茶を注文した。ワゴンには、缶ビールや、おつまみものっているのだが、夏休みで、子供連れの乗客が多いせいか、もっぱら、駅弁とお茶の注文である。

八時二八分。水俣着。

(ここが、水俣か)

という感じで、田中は、駅のホームに眼をやった。

右手に、ずっと見えている海は、美しい。車窓からも、水が透き通って見えていたのだが、この美しい海が、あの水俣かという思いだった。美しく澄んでいても、その中に、恐ろしい毒を含んでいたのである。

次の出水《いずみ》駅で、駅弁が積み込まれ、さっきの売り子が、たくさんの幕の内弁当を抱えて、配って歩いた。

座席が窮屈なので、田中だけは、通路の補助椅子に腰を下ろして、弁当を広げた。おかずに、サツマ揚げがあったりするのは、鹿児島行きだからだろうか。

箸を動かしながら、田中は、昨日の女のことを思い出した。ラブレターは、まだ、ポケットに入っている。

(彼女は、どうしているだろう？)

3

西警察署の伊東警部は、八時半に出勤すると、すぐ、東京の府中刑務所へ電話をかけた。

どうしても、昨日出所した小西晋吉のことが、気になるからだった。

「鹿児島県警の伊東です」

と、伊東はいい、向こうの所長を、呼んでもらった。

「出所した小西が、今、どこにいるか、わかりませんか？」

と、伊東はきいた。

「わかりませんね。すでに、釈放された人間ですから」

所長は、当然のことをいう。もちろん、伊東にも、それは、よくわかっているのだ。

「誰か、小西を迎えに来ていましたか？」

「いや、誰も、来ていなかったようですよ」

「彼は、どこを、これからの連絡先にしていきましたか？」

「鹿児島の枕崎です。向こうに、まだ、両親が健在だと、いっていましたね」

「それで、まっすぐ帰ると、いっていましたか？」

「帰るつもりだとはいっていましたが、いつということは、いっていませんでしたね」

と、所長はいった。

伊東は、多少、安心して受話器を置いた。

小西が、おとなしく枕崎へ帰ってくれれば、それがいちばんいいと、思うのだ。しかし、その途中、西鹿児島駅で、妙なことをされてはかなわない。

伊東は、森口刑事に向かって、

「竹内ひろみの動きは、どうなってる？」

「今、君原《きみはら》と小林《こばやし》の二人が、彼女のマンションに、張り込んでいます。何か動きがあれば、知らせてくるはずです」

「君は、どう思う？　小西が、八年前の恨みを持ち続けていて、助役と公安官を、襲うと思うかね？」

「どっちとも、いえませんね。注意していた方がいいとは、思いますが」

「それでなんだが、問題の助役と公安官に、知らせておいた方が、いいかな？　いたずらに、恐怖心をあおってもいけないと、思うんだがね」

「私が、当事者なら、前もって知らせてもらった方が、いいですね。覚悟もできますし。いきなり襲われたら、防ぎようがありません」

と、森口はいった。

「そうだな。これから、二人に会ってくる」

伊東は、腰を上げた。

車で、西鹿児島駅まで、五、六分である。

午前九時に近く、土曜日の駅の構内は、通勤客や帰省客で、騒がしかった。

伊東は、まず、山本助役に会った。

小柄で、もの静かな感じの助役だった。伊東は、コンコースで、立ち話の感じで、

「忙しそうですね？」

「今日から、帰省ラッシュが始まりますからね。私も、最後の仕事になります」

「今年で、停年というのは、聞いています」

と、伊東はいった。

「いろいろあるので、停年でなくても、今年中に辞めていると、思いますね」

「それだけ大変ですか？　職場は」

「ええ」

と、いったが、山本は、暗い表情になっていた。そのことには、あまり深く、触れたくないという感じだった。

伊東も、すぐ本題に入って、

「八年前、駅の表口で、あなたと、常田公安官が、ナイフを持って暴れている男を、取り押さえたのを、覚えていますか？」

と、きいた。

山本は、肯いた。

「もちろん覚えていますよ。小西とかいう男でしたが」

「小西晋吉です。あの男が、八年の刑期を了《お》えて、昨日、東京府中の刑務所から出て来たんです」

「そうですか」

「問題なのは、小西が、あなたと、常田公安官に捕まったのを、恨んでいたということなんです」

「しかし、それは、逮捕された時でしょう。あれから、もう、八年もたっているんです。彼の気持ちも、変わっていますよ」

「たぶん、そうだと思います。ただ、万一ということがありますので、用心していただきたいんですよ」

「用心といわれてもねえ。第一、あの男の顔も、おぼろげにしか、覚えていませんよ」

山本は、当惑した顔でいった。

伊東は、小西晋吉の顔写真のコピーを、相手に渡した。

「それが、小西です」

「ああ、これですよ。この青年だ。思い出しました」

「われわれも注意しますが、山本さんも、気をつけてください」

と、伊東はいった。

次に、伊東は、常田公安官に会った。こちらは、まだ、三十代だった。

警官と同じ格好をしているが、国鉄の職員なので、小西が、出所したということは、まだ知らないらしかった。

「小西が、出所しました」

と、伊東がいうと、常田は、

「もう、そんなに、たちましたか」

と、驚いた顔になった。

「昨日出所です。どうやら、鹿児島へ来るようなのです」

「僕を恨んでいて、何かすると、思うんですか?」

「あなたと、山本助役です」

「なるほど。しかし、決まっているわけではないでしょう?」

「そうです。おとなしく故郷の枕崎へ、帰ってくれることを祈っているんですが、万一があります」

「大丈夫ですよ。自分ぐらい守れます」

「われわれも、小西の動きを見張るつもりですが、常田さんも、気をつけてください」

と、伊東はいった。

それでも、伊東は、なんとなく不安だった。

山本助役も、常田公安官も、小西のことを、軽視している感じがしたからである。

小西は、情緒が不安定で、カッとしやすい男である。八年の刑務所暮らしで、その性格が直っているかどうか、わからない。

もし、小西が、復讐《ふくしゅう》するつもりで、凶器を用意して、この西鹿児島に、やって来るとしたら、今のような二人の不用心さでは、間違いなく、やられてしまうだろう。

西警察署に戻ると、伊東は、森口刑事に、

「どうだ？　竹内ひろみの動きは」

と、きいた。

「まだ、何の連絡も入って来ないところを見ると、彼女は、動かずにいるんだと、思います」

「小西は、今、どこにいるのかな?」

「こちらに向かっている列車か、飛行機の中かもしれませんね。それでなければ、まだ、東京で、悠々《ゆうゆう》としているか」

と、森口がいった。

森口は、八年前に、尋問した時の小西の態度を思い出そうと、努めた。

眼が、ぎらついていた。何人でも殺すように見えた。反省の態度など、ひとかけらもないようだった。

そのくせ、妙な自尊心だけがあった。助役と公安官に、人前で逮捕されたことに、異常ともいえる屈辱感を持っていた。

裁判でも、小西は、まったく反省の色を見せず、弁護士が、手こずったと、森口は聞いている。

八年後の小西は、あの時の小西と変わっているのだろうか? それとも、まったく変わっていないのか?

「おれは、面子《メンツ》を潰されたんだ。それは、絶対に忘れねえよ」

と、あの時、小西はいった。

森口にいわせれば、何が面子だと思うのだが、小西の頭の中では、公衆の面前で、カッコ悪く取り押さえられたのが、最大の屈辱に思えたのだろう。

今でも、森口には、あの精神構造は、よくわからない。犯罪をおかして捕まるのは、当然だと思うからだ。

ただ、あの時の小西の異様な眼つきだけは、今でも怖いと思う。あれは、人殺しの眼だ。

「問題は、山本助役の方だな」

と、伊東警部がいった。

「そうですね。常田公安官の方は、なんとか、自分を守れると思います。二人一組で行動していますから、小西が、何かする気でも、簡単には手は出せないと思います。その点、山本助役の方は、素手ですし、一人で、動き廻ることが多いですから」

「一週間ばかり、休んでもらうわけにはいかないのかね？」

と、伊東がいう。

「ちょっと、無理ですね。彼は、真面目な性格のようですし、今、帰省ラッシュで大変な時です。病気にでもならない限り、休みませんよ」

「やっぱり、われわれが、注意するより、仕方がないか」

「そうです。ひょっとすると小西は、あの助役のことなど、まったく忘れているかもしれません」

と、森口はいった。

4

鈍い爆発音がした。鈍いが、腹にこたえる音である。

木田駅長は、顔色を変えて、駅長室を飛び出した。伊集院首席助役も、そのあとに続いた。

今のが何の音か、二人には、よくわかっていた。いや、鹿児島の人間なら、誰でも、それとわかることなのだ。

西鹿児島駅は、全体に、平べったい駅である。駅長室も一階で、中央コンコースの奥にある。

今の鈍い音が、何か、想像がついても、それを、二階、三階と上がって、確認するわけにはいかないのである。

確認するためには、駅の外へ出なければならない。

表口の外に飛び出して、木田と伊集院は、桜島の方へ、眼をやった。

想像は当たっていた。新しい噴火なのだ。二人の眼の前で、強く、大きな噴煙が、空に向かって、昇っていくのが見える。

駅前広場にいた人たちも、一斉に、桜島の方を、眺めていた。

鈍い爆発音は、まだ続いている。

「気象台へ、すぐ問い合わせてくれ。この噴火の規模と、今日一日の風向きだ」

と、木田は、横にいる伊集院にいった。

頭上には、青空が広がっているのだが、時々、黒い雲が、速いスピードで、一瞬の影を作って、消えていく。

観光客らしい一団は、しきりに、桜島の噴煙に向かって、カメラのシャッターを押している。

だが、木田にとっては、この噴煙は、恐ろしい悪魔に似て見えるのだ。いや、鹿児島市民にとって、といった方がいいだろう。

木田が、駅長室に戻ると、伊集院が、気象台と話をしていた。その表情が、硬く、険しくなっている。

伊集院は、メモを取りながら、電話をしていたのだが、受話器を置くと、木田に向かって、

「新しい噴火の規模は、まだ、わからないということですが、台風の接近で、風向きが変わりつつあると、いっています」

「それは、灰が、こっちへ来るということかね？」

「そうです。西向きの風になって、降灰の危険があると、いっています」

「それに、間違いないのかね？」

木田は、否定してほしくて、きき直したが、伊集院は、メモを見ながら、

「気象台では、警報を出すと、いっています」

「風向きが、変わるのか」

木田は、もう一度、表口の外に出てみた。

風向きが変わったという、はっきりした感じはない。

だが、桜島の頂上にわきあがる噴煙が、気のせいか、こちらに向かって、広がって来るような気がした。扇形に広がっていくのだが、そのいちばん広い部分が、鹿児島の街に向かっているように見える。

新しい噴火を示す鈍い爆発音は、まだ、断続的に聞こえてくる。

木田は、噴火についての情報を集めることに専念した。

警察にも、電話をかけた。新しい噴火のため、桜島のホテルが、直径約十五センチ

の火山礫（れき）の直撃を受けて、屋根がへこみ、割れたガラスの破片で、従業員が怪我をしたという。

午前九時十分に、鹿児島地方気象台が、警報を出した。

それによると、現在、噴煙の高さは三千五百メートル以上にのぼり、西向きの風が強くなる見込みなので、鹿児島市内に、降灰の危険があるという。

木田は、助役たちを集めた。

「このままでいくと、降灰と台風というダブルパンチを受ける恐れがある。その時には、非番の駅員にも、全員、出て来てもらう。このことは、昨日の会議で確認したが、もう一度、電話をかけて、居所を確かめておいてもらいたい」

と、木田はいった。

緊急会議が終わると、木田は、地下道を通って、西口へ歩いて行った。

鹿児島鉄道管理局の島崎《しまざき》局長と、打ち合わせのためである。

西口の改札口を出ると、相変わらず、真夏の太陽が、頭上に降り注いでいる。いつまでも、太陽の明るさが、消えないでほしいと思った。いつもは、うんざりする暑さなのだが、それが、降灰のために消えてしまうのは、恐ろしい。

降灰が続けば、五日でも、六日でも、太陽を見ることは、できなくなるのだ。

鹿児島鉄道管理局でも、緊急会議が開かれていた。

島崎局長は、それをすませて出て来ると、木田に向かって、緊張した顔で、

「大変なことに、なりそうですね」

と、いった。

「私も、事故がなければいいなと、思っているんですが」

「降灰が始まったら、非常呼集をかけるより仕方がないと、思っています」

鹿児島鉄道管理局には、付属機関として、鉄道学園と、鉄道健診センターがある。いざとなれば、鉄道学園の生徒も、動員することになるだろうと、島崎はいった。

木田は、話の切れ間に、空を見上げた。

「気のせいですかね」

と、木田が呟いた。

「何がです？」

「あの噴煙ですよ。さっきより、こちらに近づいているような気がするんです」

「いや、気のせいじゃありませんよ。風に流されて、急速に、こちらに、近づいているんだ。これは、予想よりも早く、降灰が始まるかもしれませんよ」

島崎は、やや、青ざめた顔でいった。

## 5

九時四九分。

寝台特急「なは」が、到着した。新大阪からやって来た六両編成の列車である。

昨日、九日の一九時一〇分に、新大阪を出発し、約十五時間かけて、到着したのである。

今のところ、どの列車も、予定どおり動いている。

「なは」は、ほぼ百パーセントの乗車率で、ホームは、家族連れなどの乗客で、あふれた。

指宿枕崎線に、乗り換える人もいれば、西鹿児島から、バス、タクシーに乗って、散って行く人たちもいる。

西警察署の森口刑事は、若い池谷《いけたに》刑事と一緒に、中央コンコースにいた。

列車が着くたびに、どっと、吐き出される乗客の中に、小西晋吉がいないかどうか、見るためだった。

まだ、小西の顔は、見つからない。

ゆっくりと、気を持たせてやって来る気なのか。それとも、飛行機でやって来る気なのか。

もちろん、やって来ただけで、逮捕するわけにはいかない。枕崎へ行くにしろ、どこへ消えるにしろ、彼が来た場合は、姿がなくなるまで、見守らなければならないのだ。

「次の列車が着くまで、コーヒーでも飲むか」

と、森口は、池谷刑事を誘った。

西鹿児島駅の場合、売店などは、一階のコンコースに多いが、食堂や喫茶店は、二階である。

それでなければ、最近、客車を改造して、白く塗ったレストラン「ヴェスヴィオ」が、駅前にあって、若者に人気がある。従業員は、国鉄職員である。

次に到着する列車のこともあるので、森口たちは、一階のコンコースにある小さな食堂に入った。

「氷」の看板が出ている。二人は、コーヒーを飲むつもりが、その大きな看板を見て、気が変わり、氷いちごを注文した。

運ばれて来た氷いちごを、匙《さじ》で、さくさくやりながら、池谷刑事は、森口に、

「小西は、本当に、やって来るんでしょうか？」

と、きいた。

「君は、いくつだ？」

「二十五ですが」

「私より、小西に近い年齢だな」

「そうですが、私は、どうも、彼が、西鹿児島には、帰って来ないような気がするんです」

「なぜだ？」

「私が、小西という男だとして、考えてみたんです。私は、まったく小西を知りませんが、前科者の気持ちは、わかります。鹿児島にしても、枕崎にしても、田舎です。特に、小さな枕崎の街に帰ったら、前科者として、みんなに知られて、生活しなきゃならない。きっと、働き口だって、見つからないと思いますね。それなら東京で、生活した方がいいですよ。ああいう大きな街なら、誰も、隣りにいる人間が、前科者かどうかなんて、考えませんからね」

「なるほどね」

と、森口は肯いたが、そのとおりだという顔ではなかった。

「私の考えは、間違っていますか？」

と、池谷がきいた。

「一般論なら、君のいうとおりかもしれん。おれだって、前科がついたら、郷里に戻らずに、おれのことを知らない場所で生きるだろう。だが、それは、なんとか、真面目に、第二の人生を生きようと思っている場合だ」

「小西は、違いますか？」

「違わなければいいと、思っているんだがね」

と、森口がいった時、表口の方が、急に騒がしくなった。

「何か、あったみたいですよ」

池谷が、腰を浮かせた。

「そうだな。行ってみよう」

森口は、匙を置き、代金を払って、池谷と店を出た。

店の中にいる時は、店内の蛍光灯の明かりで気がつかなかったのだが、表口の方を見ると、妙に、薄暗いのだ。

「台風が、近づいているみたいですね」

池谷がいうのへ、森口は、眉を寄せて、

「それだけじゃないみたいだぞ」

と、いい、駅の外へ飛び出した。

さっきまで、夏の太陽が、激しく照りつけていたのに、頭上は、もう、灰色の噴煙が覆いつくしてしまっていた。

陽光は完全にさえぎられて、周囲の景色は、まるで、夕方のように、薄暗くなってしまっている。

この西鹿児島の駅だけでなく、鹿児島の街全体が、灰色の傘の下に、うずくまってしまった感じだった。

客待ちのタクシーの運転手たちも、観光客らしい人々も、不安げに、空を見上げている。

やがて、噴煙は、音もなく低くおりて来て、降灰が、始まるだろう。

森口の顔も、その横に来て、空を見上げている池谷刑事の顔も、同じように、青ざめていた。

## 6

一〇時〇五分。

田中たちの乗った寝台特急「明星51号」は、串木野に着いた。

ここは、二分停車である。

ホームに降りてみると、隣りの1番線に、上りのL特急「有明14号」が、停車している。

ここで、すれ違いなのだ。

「蟬《せみ》が鳴いてるよ！」

と、田中の傍《そば》で、小学校二、三年生に見える少年が、叫んでいる。

少年のいうように大変な蟬しぐれである。

たぶん、この少年は、大阪の子だろう。東京や大阪の駅で、蟬しぐれを聞くことなんか、あり得ないから、びっくりしているのだ。

自然に、田中も微笑してしまったが、その笑いが、途中で消えてしまった。

1番線に停車している「有明14号」の屋根に、うっすらと、灰が積もっているのが、眼に入ったからである。

（鹿児島に、桜島の灰が降っているのだろうか？）

と、思い、「有明14号」の車掌に聞いてみようと思ったが、発車時刻が来てしまった。

仕方なく田中は、列車に戻ったが、動き出してからも、それが気になって、仕方がなかった。

上りの「有明」は、西鹿児島発で、博多行きのはずである。

あれが、桜島の降灰だとすると、西鹿児島から、ここへ来るまでの間に、屋根に積もったものだろう。

田中は、列車の窓から、鹿児島市の方向に、眼をやったが、まだ、噴煙は見えなかったし、夏の太陽は、明るく、車内にまで射し込んでいた。

「どうなさったの？」

と、妻のユミが、同じように、窓の外に眼をやりながら、きいた。

「いや、なんでもないんだ」

と、田中はいった。

まだ、はっきりしたことはわからないのに、妻に心配させることはないと、思ったからである。

それでも、田中は、ボストンバッグから、小型の時刻表を取り出して、通路で、ページを繰った。

鹿児島本線のところを見てみた。

串木野で見た「有明14号」は、九時三四分に、西鹿児島を出ている。

鹿児島本線は、西鹿児島を出ると、西に向かってまっすぐ走り、串木野で、海岸に出てしまう。

(西鹿児島を出て、どの辺りまで、降灰の影響を受けるものだろうか？)

田中は、そんなことを考えていた。

走り出して、すぐ、「明星51号」は、小さな駅で停車した。

「市来《いちき》」という駅名が見える。上り列車の待ち合わせのためだから、乗客の乗り降りはない。

上りの列車が、あっという間に通過して行った。急行列車だが、屋根には何も見えなかった。

(降灰と思ったのは、気のせいだったのかな？)

と、ほっとしたが、今の列車が、西鹿児島発かどうか、わからなかった。

一〇時二四分。

伊集院に着いた。ここから、西鹿児島までは、二十キロ足らずである。

しかし、ホームには、依然として、夏の明るい太陽が射し込んでいる。

「大丈夫みたいだな」

と、田中が呟くと、ユミが、それを耳にしたらしく、

「何のこと？」

「桜島の噴煙のことが、気になっていたんだ。風向きによっては、灰が、鹿児島市内に降ってくるからね。しかし、この辺まで来ても、青空が見えるんだから、まず、大丈夫と思ってね」

「桜島の降灰って、そんなに、凄《すご》いの？」

「ああ、凄いよ。日常生活ができなくなる」

と、田中はいった。

列車は、すぐ、伊集院を出た。

田中は、やはり気になって、じっと、窓の外を見ていた。

黒い雲が、時々、激しく動いていくが、これは、台風の影響だろう。

どこにも、噴煙は見えないし、太陽は、照りつけている。

田中は、煙草に火をつけた。列車も、定刻どおりに動いているし、何も、心配することは、なさそうだった。

デッキに行き、ポケットに手を入れて、また、例のラブレターのことを思い出した。

(彼女は、もうどこかで降りてしまったのだろうか?)

列車が、トンネルに入った。

これを抜けると、まもなく、鹿児島の市街が見えてくる。

東京や大阪のように、高層ビルが林立しているわけではない。意外なほど、平べったい感じの街である。そんな街並みを見ると、田中は、なぜか、ほっとするのだ。

今日も、たぶん、ほっとするだろう。

だが、トンネルを抜けたとたん、列車は、夕闇の中に、突入してしまった。

今まで、頭上で輝いていた太陽が、どこかへ、消えてしまったのだ。

田中は、茫然として、近づいて来る鹿児島の街に、眼をやった。

人口五十三万の街が、灰色の霧の中に、かすんでいるように見えた。

眼をすえると、窓ガラスの向こうに、灰が、音もなく降り注いでいるのが、わかった。

風が吹くと、灰の細かい粒子が、窓にぶつかって、たちまち、ガラスが曇って、見えなくなった。灰の粒子が、びっしりと、ガラスにこびりついてしまった感じだった。

おそらく、列車の屋根にも、灰が、どんどん積もっているだろう。

ほかの乗客も、騒ぎ始めた。

東京や大阪から来た子供たちだけは、はしゃいでいる。

大阪生まれのユミは、さすがに、青い顔で、

「大丈夫なの？」

と、田中にきいた。

「何が？」

「これ、桜島の噴火の灰なんでしょう？　鹿児島の街は、大丈夫なの？」

「このくらいの降灰なら、大丈夫だろう。いろいろと、備えは、あるだろうからね」

「枕崎は、どうなのかしら？」

「あの辺までは、灰は、落ちないと思うよ。大丈夫だ」

「じゃあ、今日中に、枕崎まで行ってしまえば、安心ね」

と、ユミがいった。

## 7

灰が、降っている。

まだ、列車の遅れを招くほどではないが、鹿児島鉄道管理局は、職員に、非常呼集をかけ、対策本部を設けた。

ＣＴＣ制御室では、木田係長が、いつもの笑顔は、完全に忘れてしまった顔で、前面に広がる表示盤を、見つめていた。

降灰の速度が速まれば、ＣＴＣも、信頼できなくなるのだ。

その時に備えて、管理局内の各駅と、踏切からは、一時間おきに、連絡させるようにしていた。降灰が、激しくなれば、この時間は、さらに短縮する必要があるだろう。

表示盤上の赤いランプの数が多いのは、この時刻に、到着する列車が多いことを示している。

臨時の「明星51号」が、まもなく、西鹿児島に着く。そのあとを追うようにして、「明星」が、すでに串木野を出ていた。

台風も、接近している。

雨は、降り積もった灰を流してくれるので、ありがたくもあるのだが、時によっては、泥土を作って、それが、切替え線のレールの間に、詰まってしまうことがある。

その雨に、強風が加われば、万一、事故が起きた時の修復を困難にするだろう。

木田の傍にある電話が鳴った。

受話器を取ると、島崎局長からだった。

「どんな具合だね？」

と、島崎がきいた。

「今のところは、すべて正常に作動していて、列車の遅れは、一本もありません」

「気象台に問い合わせたんだが、降灰は、もっと激しくなりそうだよ。桜島の南岳は、依然として、強い噴煙活動を続けているようだし、下手をすると、ドカ灰になる恐れもあるといっているんだ」

「本当ですか？」

「ああ。十分、注意してくれ」

「ドカ灰だと、短絡不能で、ＣＴＣが機能しなくなる恐れも出て来ますよ」

と、木田はいった。

ひどい時には、二十四時間で、一平方メートル当たり二千グラムをこえる降灰があったことがある。

それが、四日、五日と続くと、文字どおり、市内は、砂漠と化して、灰の除去作業が追いつかなくなってしまう。

国鉄も、市電も、踏切の警報装置が働かなくなり、架線にも灰が積もって、徐行運転を余儀なくされる。

CTCが機能しなくなると、列車を動かすことができなくなってしまう。信号が、正常に働かなくなるからである。

そうなった時は、信号を手動に変え、ディーゼル車で、動かない列車を牽引せざるを得なくなる。

電話が終わると、木田係長は立ち上がって、CTC制御室の外に出てみた。

空は暗い。

ついさっきまでは、降ってくる灰の量も少なく、音もなく降るという感じだったのが、今は、ザーザーと音を立てて、降って来る感じである。

駅の外に眼をやると、傘をさしている人もいるし、庇《ひさし》の深い帽子をかぶっている人もいる。一様に、マスクや、タオルで、口や鼻を覆って、小走りに動いている。

バスや、タクシーで、駅にやって来た人々は、あわてて、駅構内に駈け込んで来て、頭や肩についた灰を、手で、はたき落としていた。

どの顔も、うんざりした表情だった。

## 8

田中たちの乗った「明星51号」は、降灰の中を定刻の一〇時四二分、西鹿児島駅の5番線ホームに、到着した。

南国の太陽は消えてしまい、薄明かりの中の駅である。

ホームにも、白いというより、黒っぽい灰が、降り積もってくるのを、駅員が、必死に、水で流していた。

田中は、妻のユミと、三歳の息子と一緒に、ホームに降りた。

改めて、乗って来た列車を見ると、カマボコ形の屋根には、灰が積もり、窓には、灰がこびりついてしまっている。

「すぐ、枕崎線に、乗るかい？」

と、田中は、ユミにきいた。

「鹿児島の街も、見てみたかったんだけど」

ユミは、いい澱《よど》んだ。

街を見物したいが、この降灰では、駄目だろうと、思っているようだった。

「とにかく、駅の外に、出てみるかい？」

「ええ」

と、ユミが肯いた。

三人は、地下道を通って、表口の中央コンコースに出た。

売店が並んでいる。今、同じ列車から降りた人たちが、コンコースにかたまって、当惑した顔で、外を見ていた。

同じように、市内見物をと思って、表口に来たのだが、眼の前に、濃いスモッグに覆われた感じの景色を見ると、二の足を踏んでしまうらしい。

駅前から出ている市電が、パチパチと、火花を散らしながら、走って行くのが見えた。灰のために、ショートするのだろう。

駅に入って来る人たちは、みな、タオルやハンカチで、顔を覆っている。

田中は、表口の駅前広場に眼をやった。

駅前には、駐車場のほかに、噴水と、池、花時計、それに、「若き薩摩《さつま》の群像」と題された記念塔などがあるはずなのだが、灰のスモッグのために、よく見えない。

「これじゃあ、市内見物どころじゃないな」

と、田中は、ユミにいった。

「すぐ、枕崎に、行きましょうか？」

「そうだな」

と、田中は肯いた。

次の指宿枕崎線は、一一時〇二分発で、あまり時間がない。

一一時五九分発の快速「いぶすき」に乗ることにして、田中は、二階のレストランに、ユミと、息子の徹を案内した。

少し早いが、昼食をとっていると、駅前で、パトカーのサイレン音が聞こえた。

休暇で帰郷したのだが、つい、刑事の習慣で、

「ちょっと、見てくる」

と、ユミにいって、田中は、コンコースへ降りて行った。

二台目のパトカーも到着して、刑事や、鑑識課員が、地下道へ駆け降りて行くのが見えた。

田中も、その後を追ってみた。

刑事や、鑑識の連中は、５番線ホームに上がって行く。そこには、田中たちの乗って来た「明星51号」が、停車している。

田中も、彼らに続いて、ホームに上がってから、そこにいた駅員の一人に、

「何があったんですか？」

と、きいた。

駅員は、ちらりと、「明星51号」に、眼をやってから、

「あの列車の中で、乗客が一人、殺されているのが見つかったんですよ。それで、警察を呼んだんです」

「殺されていた――？」

「ええ、３号車だそうですよ」

と、駅員はいう。

田中は、３号車のところへ、走って行った。

乗客は、もうホームには残っていなかった。

３号車のところでは、五、六人の駅員が、集まって、窓から、中をのぞき込んでいる。

田中も、彼らの中に混じって、車内を見てみた。３号車の真ん中あたり、上段の寝

台に鑑識がとりついて、カメラのフラッシュを焚《た》いているのが見えた。

しばらくすると、車内の検証が終わったらしく、毛布に包まれた死体が、ホーム へ、運び出されて来た。

どうやら、男の死体のようだった。

刑事が、白い制服姿の車掌に、話を聞いている。

「確か、始発の新大阪から乗った方です。車内では、別に、変わった点は、なかったと思いますが」

と、車掌が、当惑した顔で、刑事に話しているのが、聞こえた。

「仏さんに、連れは、いませんでしたか？」

と、刑事は、きいてから、「何ですか？　あんたは」と、急に、田中を睨んだ。

田中が、つい、二人の会話に聞き耳を立てていて、その姿勢が、刑事の注意を引いたのだろう。

「申し訳ない。東京警視庁の田中といいます。休暇で、やって来たんですが、つい、気になって」

と、田中はいい、名刺を渡した。

「この列車で、来られたんですか？」

相手は、丁寧《ていねい》な調子できいた。

「そうです。ただし、1号車ですが」

と、いってから、田中は、

「どうぞ、仕事を続けてください」

「どうも。それで、あの仏さんには、連れはいませんでしたか？」

と、刑事は、また、車掌にきいた。

「わかりませんが——」

「女が、一緒にいたはずなんですがね。仏さんのポケットに、ラブレターが、入っていたんですよ。だから、そのラブレターの主と一緒に、乗っていたんじゃないかと思うんだが」

「そういわれても、気がつきませんでしたねえ」

と、車掌がいう。

「ちょっと、そのラブレターを、見せてもらえませんか？」

田中は、口をはさんだ。

刑事は、一瞬、迷った表情を浮かべたが、二つに折った白い封筒を見せてくれた。

「指紋は？」

と、田中が、きくと、

「もう、採取してありますから、手に取って見てくださってかまいませんよ」

と、いってくれた。

田中は、その白い封筒の中身を出してみた。

思ったとおりだった。

中身は、便箋が三枚。だが、文字は、最初の一枚にだけ、短く、女性らしい筆跡で書かれてあった。

〈あなたを愛しています〉

# 第三章　八月十日（土）午後

## 1

田中は、妻と子供を、一一時五九分発の快速「いぶすき」に乗せ、自分は、こちらの警察に協力するため、鹿児島に残った。

田中は、激しい降灰の中を、西警察署へ、パトカーに乗って行った。

風が強くなって、灰が、地面近くで舞い上がっている。

昼間なのに、太陽は光を奪われ、走る車は、ライトをつけ、赤い尾灯をつけている。

田中を乗せたパトカーも、ライトをつけ、サイレンを鳴らしながら、灰を巻き上げて、突っ走った。

灰は、フロントガラスにも、こびりつき、ワイパーが、それを、そぎ落とそうとするのだが、なかなか落ちてくれず、パトカーを運転している若い刑事が、ぶつぶつ文句をいっていた。

西警察署では、伊東警部が、田中を迎えた。

小柄だが、眉の太い男である。

「休暇中に、おいで願ったのは、申し訳ありませんな」

と、伊東はいってから、森口刑事を、改めて紹介した。西鹿児島駅の5番線ホームで、話をした刑事である。

田中は、自分のポケットから、しわくちゃになった封筒を取り出して、二人に見せた。

「内容が、同じなので、びっくりしたんです」

「なるほどね。殺された男も、あなたと同じように、女性の乗客から、手紙を渡された可能性が、高いですね」

伊東は、二つのラブレターを、机に並べて、いった。

筆跡は、素人が見ても、よく似ているのがわかる。

「仏さんの身元は、わかりましたか？」

と、田中はきいた。

「本人の運転免許証があったので、簡単にわかりました。東京の人間で、名前は、向《むか》井田俊二《いだしゅんじ》です」

森口刑事が、机の上に、指で、名前を書いた。

「東京の人間ですか」

「そうですね。新大阪発のブルートレインに乗っていたのは、たぶん、大阪に、用でもあって、ということだと思います」

「わかりますよ」

と、田中はいった。田中も、その口だったからである。

「私に、顔が、似ていますか？」

「あなたに？」

「ええ。私は、あの列車の中で、二十五、六の美人に、このラブレターをもらったんです。しかし、まったく心当たりがないんですよ。彼女も、初めて会った女性でしてね。それで、誰かと間違われたんじゃないかと、思ったんです。もし、殺された男が、私に似ているんなら、その推理が当たっていたことになります。どうですか？」

田中がきくと、森口は、伊東警部と、顔を見合わせていたが、

「似ているといえば、いえますが――」

「年齢は、いくつですか？」

「三十二歳ですね」

「それなら、だいたい、私と同じですよ」

「しかし、背が違います」

森口刑事は、肩をすくめるようにして、いった。

傍から、伊東も、

「失礼だが、田中さんは、百八十センチは、あるでしょう？」

「あります。そうですか。身体が違いますか」

そういえば、５番線ホームで、毛布に包まれた遺体を見たが、普通の体格に見えたのを思い出した。

「顔は似ていますが、あなたとは身体の大きさが違いますよ。間違えるというのは、ちょっと考えられませんね」

と、森口はいった。

「しかし、これは、筆跡が同じですからね。同じ女からもらったとしか、思えないんですが」

「その女のモンタージュを作りたいので、協力してください」

と、伊東警部がいった。

彼女が美しかったのと、久しぶりに、ラブレターをもらったということで、田中は、鮮明に覚えていた。

彼女のモンタージュは、一時間ほどで出来上がった。

「なかなかの美人ですね」

と、森口は、微笑しながら、田中にいった。

「ええ。彫りの深い美人でしたよ」

「しかし、車内で、見ず知らずの男に、ラブレターを渡すというのは、どういう感覚なんですかね？」

「それが、私にもわからない。今までは、人違いしたのだと、考えていたんですがね」

と、田中はいってから、

「殺しに、間違いないんですか？」

「ええ。背中を、刺されていますからね。ナイフは、突き刺さったままでした。そのせいで、出血も少なかったんだと思いますよ。ベッドには、あまり、血が流れていませんでしたからね」

「列車が、西鹿児島に着いてから、発見されたんですね？」

「そうです。車掌が見つけて、一一〇番して来たんです」

「死亡時刻は、まだ、わかりませんか？」

「検死官は、発見の、七、八時間前だろうといっていますが、正確なところは、解剖の結果待ちですね」

と、これは、伊東警部がいった。

田中は、3号車のデッキで出会った女のことを、思い出していた。

その前にも、もの思いにふけっている彼女の横顔に、魅《ひ》かれたものだった。

彼女は、顔を近づけて、「これを、あとで読んでください」と、手紙を、田中に押しつけた。

真剣な表情だったと、思う。男をからかって、喜んでいる感じではなかった。だから、人違いだろうと思いながらも、田中は、甘酸っぱい気分で、手紙を、ずっと持っていたのである。

それなのに、彼女は、同じラブレターを、ほかの男にも渡していたという。どう考えても、真面目な行動とは思えない。

（わからないな）

と、田中は、頭を振った。

彼女くらいの美貌なら、放っておいても、男の方から、声をかけてくるだろう。彼女に惚れて、結婚してくれという男だって、たくさんいるはずである。

それなのに、たまたま列車の中で会った男に、いきなり、ラブレターを渡すというのは、どういう神経なのか？

「やきもちをやかせたかったんですかね？」

伊東が、いった。田中は、ちゃんと聞いていなくて、

「え？」

「今、こんなことを、考えてみたんですよ。彼女は、男と一緒に列車に乗っていた。彼女は、その男に、惚れているが、男の方は、少しさめかけている。そこで、彼女は、男の気を引こうとして、ほかの男に、ラブレターを渡した――」

「なるほど。男に見せつけて、やきもちを、やかせようというわけですか？」

「最初、田中さんに渡したが、肝心の連れの男が、それを見ていなかった。そこで、彼女は、もう一度、別の男の乗客に、ラブレターを渡した。それが、殺された向井田俊二だったというわけですよ」

「考えられなくはありませんね」

「彼女としたら、軽い遊びのつもりだったが、連れの男は、カッとして、彼女が、ラブレターを渡した向井田俊二を殺してしまった。どうですかね？　こういう考えは」

「面白いと思いますね。考えてみれば、ラブレターにしても、たった一行しか書いていないというのは、おかしいんです。しかも、二人の男に渡したものが、まったく、同じ言葉だというのは、不誠実と思えて仕方がありません。おざなりといってもいい。伊東警部のいわれるように、からかうためのラブレターだったのかもしれません。そうだとすると、殺された男は、いい迷惑でしたね」

と、田中はいった。

下手をすれば、田中が狙われて、殺されていたかもしれないのである。それを考えると、ぞっとする話である。

「もし、警部のいわれるとおりなら、問題の女を発見すれば、犯人は、簡単に逮捕できますね」

と、森口刑事がいった。

## 2

駅長室で、木田駅長は、急いで昼食をとりながら、伊集院助役たちと、昼のテレビのニュースを見ていた。

テレビ画面には、鹿児島市内の降灰の模様が、映し出されている。

戸惑《とまど》い、頭や、口をハンカチなどで覆って、逃げ惑う観光客が、映る。

市電が、巻き上げる降灰。

走って来たバイクが、積もった灰のためにスリップして、転倒する。

店先に、品物を並べていた果実店や鮮魚店が、そそくさと、品物を、店の中にしまっている。

「これじゃあ、商売にならないよ」

マイクを向けられた店の主人が、いまいましげに、空を見上げて、怒っている。

市では、購入したばかりの清掃車（ロードスイーパー）を総動員して、降灰の除去に努めているとも、アナウンサーは告げている。

だが、今の状態が続けば、清掃の効果もなくなってしまうだろう。除去しても、除去しても、灰が降ってくるからだ。

駅員の一人が入って来て、木田に、

「これから、観光協会の人たちが、駅前広場の灰を、掃除してくれるそうです」

と、いった。

「われわれも、手伝わせてもらおう」

木田駅長は、食べかけの弁当を片付けて、助役たちを促した。

中央コンコースに出ると、ここも、灰が吹き込んで、床を汚していた。火山灰は、微粒子なので、ちょっとした隙間からでも、侵入して来るのだ。

「きれいにしておいてくれ」

と、木田は、助役に、指示しておいてから、表口の外に出てみた。

市観光協会、旅館組合、タクシー協会の人たちが、すでに、箒《ほうき》やチリ取り、ポリ袋などを手にして、集まってくれていた。

総勢五十人近い。それぞれ、帽子をかぶったり、マスクをしたり、思い思いに、身をかためての集合である。

「わざわざ、ありがとうございます」

と、木田は、集まってくれた人たちに、頭を下げた。

駅からも、五人の駅員と、三台の手押しの灰除去機械を、提供した。

五十何人かで、一斉に、駅前広場の清掃が始まった。

駅前には、水道管を長く延ばして、スプリンクラーで灰を流す装置も、最近、取りつけてある。

木田は、それも作動させた。

用意されたポリ袋は、たちまち、一つ、二つと、灰で、いっぱいになっていく。

4トントラックを一台呼んだが、それも、灰でふくらんだポリ袋で、満杯になってしまい、もう一度、来てもらうことになった。

その間も、降灰は、間断なく続いている。

「際限《きり》がありませんね」

伊集院助役が、溜息《ためいき》をついた。

「しかし、何もせずに、手をこまねいているわけにもいかないだろう」

木田は、怒ったような声を出した。

4トントラックで二杯分。8トンの灰が除去されたのだが、そのあとの広場も、たちまち、降灰で覆われていく。

噴水のある池も、花時計も、灰で、真っ黒である。

木田は、のどが、いがらっぽくなり、コンコースに逃げ込んで、激しく咳込《せきこ》んだ。洗面所で、うがいをし、灰で汚れた顔を洗った。隣りで、伊集院も、うがいをしている。

「構内を、廻ってくるぞ」

と、木田は、助役にいった。

二人は、地下道を通って、各ホームを見て廻った。

西鹿児島駅は、掃除が行き届き、もっとも清潔な駅だといわれている。実際、ホームにも地下道にも、吸い殻一つ落ちていないのが、自慢だった。

だが、今は、駅員の懸命な努力にも拘《かかわ》らず、ホームにも、地下道にも、降灰が吹き込んでいる。

窓ガラスには、灰がこびりついて、外が見えなくなっている。駅員が、灰をはたき落とし、雑巾で拭いているのだが、そのあとから、すぐ灰が、降り積もってしまうのだ。

帰省客や、観光客をいっぱいつめ込んで、次々と到着する列車は、どれもこれも、灰で、汚れていた。

屋根には、灰が積もり、運転席は、ワイパーが動いた部分だけが、透明で、あとは、灰色に汚れている。

どっと、ホームに降りて来る乗客の顔には、普通なら、笑顔が見られるのに、今日は、それがなかった。

帰省客は、これから帰る家のことが心配なのだろうし、観光客は、この降灰で、はたして、楽しい観光ができるのだろうかという不安を持っているのだろう。

ホームにも、容赦なく、灰が吹き込んでくる。乗客の白っぽい夏の装いは、たちまち、汚れてしまう。

乗客は、それをはたきながら、駈け足で、地下道へ降りて行く。

乗客が消えると、駅員は、必死で、ホームの灰を、掃き落としにかかった。

木田は、ホームの縁に立って、線路を見つめた。

レールの上にも、枕木の上にも、砕石の上にも、どんどん、灰が、降り積もっていくのが見える。

頭上の架線にもである。このままの勢いで降灰が続けば、間違いなく、駅としての機能が失われていく。

（やんでくれ！）

と、木田は、暗く濁った空に向かって、叫んだ。

3

森口刑事は、若い池谷刑事と、問題の女のモンタージュを何枚かコピーして、それを、西鹿児島駅へ持って行った。首席助役の伊集院を通して、それを、駅員や公安官に配ってもらい、見かけたら、すぐ、連絡してほしいと、頼んだ。

彼女が、どこで降りたかは、わからない。だが、なんとなく、終着の西鹿児島まで、来ているような気がしていたのだ。

「あの助役は、あまり、気が入っていないみたいでしたね」

コンコースへ出たところで、池谷が、眉をひそめて、森口にいった。

「この灰だからね。助役としては、殺人事件のことより、降灰によるダイヤの乱れの方が心配なんだ。無理もないよ」

と、森口はいった。

コンコースの電話で、伊東警部に、コピーを配ったことを、報告した。

「これから、戻るつもりですが」

「いや、そこにいてくれ」

と、伊東がいった。

「何か、動きがあったんですか？」

「竹内ひろみを見張っていた君原君から、連絡が入ったんだ。今、マンションを出たといっている」

「こちらへ来るんですか？」

「まだ、わからん。しかし、こんな灰の降る日に、化粧をして、外出はしないだろう」

「小西を迎えに行くということでしょうかね？」

「かもしれん」

「この忙しい時に――」

と、森口は、受話器を置いて、憮然《ぶぜん》とした顔になった。

降灰の中で、殺人事件が起きた。それだけでも忙しいのに、小西がやって来て、問題を起こされては、かなわない。

「しばらく、ここで、待機だ」

森口は、池谷にいった。

駅の表口では、スプリンクラーが、必死になって、水を撒《ま》いている。それでも、ドアを開けて、人々が、コンコースに出入りするたびに、灰の細かな粒子が、一斉に舞い込んでくる。

入口に近い売店では、ビニールを持ち出して、それを、品物の上にかけている。そのビニールが、いつのまにか、灰で黒くなって、下の品物が、見えなくなってしまうのだ。

それに、暑さが加わる。

暑いだけでも参るのに、この灰だらけの景色を見ていると、うんざりしてくるのは、やむを得ない。

「今、何時だ？」

と、森口が、池谷にきいた。

「午後三時五十分ですが」

「このくそ暑さは、なんとかならないのかね」

森口は、文句をいい、ハンカチで、汗を拭こうとしたが、灰で汚れているのに気がついて、やめてしまった。

「ちょっと、顔を洗ってくる」

と、森口はいって、トイレに行き、まず、ハンカチを洗い、そのあとで顔を洗った。

元の場所に戻ると、君原刑事が来ていた。

「彼女が、二階にいます」

と、君原は、二階の食堂街へ通じる階段を指さした。

森口は、眼を光らせて、

「竹内ひろみが、来たのか？」

「タクシーで、着いたところです」

「彼女は、どんな様子だ？」

「緊張しているのは、わかりますね。それに、切符は買っていませんから、誰かを迎えに来たことは、間違いないと思います」

「やはり、小西が来るのか」

「枕崎行きの切符は、買っていませんから、もし、小西が来るとしても、すぐ、彼の郷里には行かないと思われます」

「それじゃあ、困るんだよ」

と、森口は、渋い顔でいった。

森口は、二人の刑事に、竹内ひろみの動きを見ているようにいってから、改札口近くにあるタイムテーブルを、見上げた。

遠距離列車の到着は、ほとんど午前中に終わっていて、午後、到着するのは、L特急が多かった。

鹿児島本線経由では、次のとおりである。

一六時二九分　L特急「有明11号」
一七時一四分　L特急「有明13号」
一八時四〇分　L特急「有明15号」

いずれも、博多始発である。

日豊本線経由は、次のとおりだった。

一六時五一分　L特急「にちりん7号」
二一時〇四分　L特急「にちりん17号」

こちらは、小倉始発になっている。

普通、列車で、東京から来る場合は、寝台特急《ブルートレイン》を利用するものだが、新幹線で、博多まで来たとすれば、これは、L特急「有明」に乗り換えるだろう。

だから、小西が、今日、列車で、この西鹿児島に着くとしたら、やはり、L特急「有明」に乗って来る可能性が、高い。

(来るなら、早く来てくれよ)

と、森口は思った。

いらいらしながら待つのは嫌だし、こちらは、殺人事件を抱えていたからである。

*4*

田中は、まだ、西警察署にいた。

必要な協力はすませたのだが、殺された男の解剖結果を知ってから、枕崎に行きたかったのである。

これは、明らかに、刑事の習性といっていい。

待っている間に、田中は、電話を借りて、枕崎の実家に、連絡を入れた。

電話口に出た妻のユミは、枕崎では、青空が見えていて、降灰は、起きていないという。それを聞いて、田中は、勝手とは思いながらも、良かったと思った。

「すぐ、帰るよ」

と、田中はいっておいた。

鹿児島大学医学部法医学教室で行なわれた司法解剖の結果が出たのは、四時半頃である。

田中も、その報告書を、見せてもらった。

死因は、背中から刺したナイフが、心臓にまで達していて、それが、致命傷とあって、別に、変わった点はない。

田中が、興味を持ったのは、ほかの二つの点だった。

死亡推定時刻が、十日の午前三時から四時の間ということと、胃から、睡眠薬が、検出されたという箇所である。

午前三時から四時というと、「明星51号」が、ノンストップで走っている時で、おそらく乗客は、ほとんど、眠っていたに違いない。

「明星51号」は、前日の二三時一八分に、福山を出てから、翌日の四時一七分に、門司に着くまで、停車しないからである。その間、乗務員の交代のための運転停車はあっても、乗客の乗り降りは、ない。いちばん、殺しやすい時間帯なのだ。

「睡眠薬は、被害者自身が、持っていたものですか？」

と、田中は、伊東警部にきいた。

「被害者の所持品の中に、睡眠薬はありませんでしたよ。しかし、旅行に出るんで、一錠か、二錠だけ持って出たということも、考えられますからね。今のところ、どちらともいえませんね」

伊東は、慎重にいってから、今度は逆に、

「寝台は、西鹿児島に着くまでに、解体されているわけですね？」

と、田中にきいた。

「そうです。午前七時頃です。熊本から、係員が乗って来て、片付けていきました」

「その時、死体に気づかなかったのかな？」

と、伊東がいう。

田中は、寝台の解体作業の様子を、思い出してみた。

「あの列車は、全車両が、三段式のB寝台です。上段、中段、下段と、寝台がありましてね。もし、中段か下段に、死体があったのなら、いやでも気づくと思います。寝台を座席に直すために、中段の寝台は、完全に解体して押し上げてしまいますし、下段の寝台は、座席になって、乗客が腰をかけることになります。ただ、上段の寝台は、どうやっても、座席にはできないし、座った場合は、邪魔にはなりませんから、解体しない。下段と中段のシーツと枕を、上段に放り込んでいましたね」

「その時に、作業員が気づきませんかね？」

「注意していれば気づくでしょうが、見ていると、一人で、一つの車両を、全部、やっていました。三十分以上かかっていましたよ。それに、作業そのものも、単調ですからね。カーテンを開け、中段と下段のシーツと枕を、上段に放り込み、中段のベッドを押し上げる。それの繰り返しだし、毎日、同じことをやっているんでしょう。上段に、死体があっても、見過ごしてしまうことはあり得ると、思いますね」

と、田中はいった。

「その作業員にも、会ってみましょう」

と、伊東はいい、パトカーで、田中を、駅まで送ってくれることになった。

パトカーの中から見る鹿児島の街は、相変わらず降灰の中で、呻《うめ》き声をあげていた。

視界はせいぜい、十五、六メートルだろう。その先は、灰色の霧がかかってしまっている。

もちろん、霧のように、ロマンチックな代物ではなかった。市電や車が走るにつれて、降り積もった灰が、もうもうと巻き上がり、市電は、パンタグラフと車両の両方から、火花を発しながら、走っている。その火花が、奇妙に美しく、幻想的だった。ただ、パトカーの窓を開けられないので、車内が、暑いのは、やり切れなかった。駅に着き、礼をいって、コンコースに入ると、森口刑事に、ぶつかった。

「昔、この駅で殺人事件を起こして、刑期を終えて、出所した小西晋吉という男が、帰って来るようなので、見張っているんですよ」

と、森口は、田中にいった。

田中は、枕崎までの切符を買って、0番ホームに、歩いて行った。

一八時〇八分発の枕崎行き普通列車である。

まだ、二十分近い時間があるので、田中はコンコースに戻って、夕食をすませることにした。枕崎に着くのは、午後八時を過ぎるからである。

(誰かに、見られているんじゃないか?)

と、思い始めたのは、その時だった。

あわてて周囲を見廻したが、それらしい人物は、見つからなかった。というより、コンコースには、かなりたくさんの人間がいて、わからないのだ。

普通なら、外に出て、駅の周辺を見物して時間をつぶす人たちが、じっと、コンコースの中で、時間待ちをしているからららしい。

（気のせいか？）

と、思い直し、顔を洗うつもりで、田中は洗面所に入った。

水を勢いよく出して、顔を洗い始めた瞬間だった。

背後に、ふと、人間の荒い息遣いを感じて振り向こうとした。

その時、背中に、何かが、突き刺さり、激痛が走った。

「この野郎！」

と、叫んだ。いや、叫んだつもりだった。が、途中で、田中の身体は、その場に、くずおれてしまった。

血が、噴き出した。

## 5

降り続く灰の中を、救急車が、サイレンのわめき声を発しながら、西鹿児島駅に駈けつけた。

血まみれの田中が、担架にのせられ、運ばれて行く。

「どうなってるんだ？　これは」

と、見守りながら、木田駅長は、吐息をついた。

降灰対策で追われているのに、午前一〇時四二分着の「明星51号」から、死体が発見され、今度は、コンコースのトイレで、男が、ナイフで刺されてしまった。

こんな事件は、駅の所管ではなく、警察の所管だが、それでも、駅の構内で起きていれば、木田は、責任を感じざるを得ない。

「もう一つ、問題があります」

と、首席助役の伊集院がいう。

「何だね？」

「八年前、表口で事件を起こした小西という男が、出所して、帰って来るそうです」

「ああ、それなら、公安室長から聞いたよ。山本助役と、常田公安官が、狙われるかもしれないというんだろう？」

「そうです。それが、現実になると、こちらの方が、われわれにとっては、大変なことだと思います」

「可能性は？」

「コンコースにいる西署の刑事に聞くと、小西は、間違いなく、帰って来るようです」

「ますます暑苦しくなるねえ」

と、木田はいった。

木田は、もう一度、構内を見廻ることにした。

田中が刺されたトイレでは、駅員が一生懸命に、流れた血を洗っていた。

西署の刑事たちが必死になって、構内を歩き廻っている。犯人はどうやら、男らしいが、顔を見たという目撃者は、まだ見つかっていないらしい。

「この灰じゃあ、市内観光は、全部、キャンセルだったろうね？」

地下道を歩きながら、木田は、伊集院にきいた。

鹿児島は、市内に、いろいろな観光名所があり、午前と午後に、市営の観光バスが出ている。

熱帯植物園、ザビエル記念堂、西郷隆盛の銅像と、終焉《しゅうえん》の地、異人館などを廻るコースである。

そのほかに、桜島観光のバスが、桜島町営と国鉄で、出ていた。

「市内バスが、一台だけ出たそうです」

「この灰の中をかい？」

「ええ。もっとも、乗客は、五人しかいなかったそうですが」

と、伊集院がいう。

各ホームでは、到着する列車の乗客に、少しでも、不快感を与えまいとして、必死になって、駅員が、ホームに積もった灰を洗い流していた。

洗い流して、ほっとしていると、また、灰が降り積もってくる。まるで、底抜けの桶で水を汲んでいる感じだが、それでも、何かしていなければ、不安になってくるのだろう。

ホームの売店も、ビニールで、吹き込む灰を防ぎながら、店を開けている。

「みんな、がんばってるね」

と、木田は嬉しくなった。ただ、この努力が、いつまで続くかということである。

「洗浄列車は、動いてくれているのかね？」

木田は、ホームを歩きながら、伊集院にきいた。

「鹿児島駅に待機しているのが、一時間ごとに、走ってくれています」

と、いう。

洗浄列車といっても、給水タンクの貨車一両と、無蓋貨車一両を連結しただけの簡単なものだった。タンクの方に水を入れ、無蓋貨車に、ホースを持った職員が二人乗り込む。それで、架線に積もった灰を、洗い流そうというわけである。

「雨が降ってくれませんかね。この暑さだけでも、消えてくれるんじゃありませんか」

伊集院がいい、ハンカチで汗を拭いた。

*6*

田中は、駅近くのK病院に運ばれ、すぐ手術を受けた。

西警察署の伊東警部は、車で、病院に駈けつけた。

救急車に同乗した森口刑事が、伊東の顔を見ると、血走った眼で、

「田中さんが狙われるとは、思ってもみませんでした」

「容態《ようだい》は、どうなんだ？」

「手術は成功したようですが、今はまだ、危篤《きとく》状態を脱していないと、医者は、いっています」

「犯人の心当たりは？」

「あれだけ深く刺せるのは、男でしょうが、まだ、目撃者が見つかっていません」

「同じ犯人かな？」

「そうですね。あのラブレターのせいなら、同一犯人でしょう」

「すると、田中さんは、西警察署を出るときから、つけられていたことになるのかもしれんな」

「刑事と知っていて、刺したんでしょうか？」

「さあね。とにかく、助かってほしいよ」

と、伊東はいった。

伊東は、今度の事件を、自分のせいのように感じていた。あのまま田中が、枕崎に行っていれば、刺されなくてすんだのではないかと、思ったからである。

「君は、駅に行ってくれ。小西晋吉のことがあるからね」

と、伊東はいった。

森口が出て行くと、伊東は、じっと待合室で、医者が出てくるのを待つことにした。

「明星51号」の車内で殺された男は、ナイフで、背中を刺されていた。

田中も、ナイフで、背中を刺されている。

やり方は同じだから、同じ犯人の可能性が、高いと思う。

伊東は、田中にもらった名刺を、取り出して眺めた。警視庁捜査一課の肩書のついた名刺である。

（連絡しておくべきだろう）

と、考え、伊東は、病院の電話を借りて、警視庁捜査一課にかけた。

休暇で、鹿児島に来た田中刑事のことでというと、

「十津川《とつがわ》です」

と、いう男の声が、返って来た。

伊東は、田中が、西鹿児島駅で刺されたことを告げた。

「今は、面会謝絶の状態なので、容態については、なんともいえないんですが」

「大丈夫ですよ。頑丈な身体をしている男ですから、めったなことでは、死にやしません」

と、十津川はいった。

「そうであってほしいと、思っています」

「殺された東京の向井田俊二という男のことを、こちらで調べてみましょう」

「お願いします。ただ、われわれの推理が当たっていると、その男から、直接、犯人

は、浮かび上がって来ないかもしれませんが」

「そうですね。問題は、田中刑事が、妙なラブレターをもらった女ですね。彼女が、見つかれば、いちばんいいと思いますが」

「われわれも、そう思って、彼女を探しているところです」

「くれぐれも、田中刑事のことを頼みます」

と、十津川はいった。

電話が切れると、伊東は、また、じっと待つことにした。

しばらくして、医者が、やって来た。

「どうですか？」

と、伊東がきく。

「まだ、昏睡《こんすい》状態が、続いています。なんともいえませんね」

五十代に見える医者は、冷静な口調でいった。その喋り方が、頼もしくも、腹立たしくも思えて、

「なんとか、助けてください」

「全力は、尽くしていますよ」

「それは、よくわかっているんですが――」

「とにかく、心臓にまで達する傷なんです」

「そうでしょうが、大事な人なので」

と、伊東はいった。

医者が、待合室を出て行くと、伊東は、内ポケットから手帳を取り出した。そこに、田中が、連絡先といって書きつけていった枕崎の住所が、のっている。

気の重い連絡だった。伊東はもう一度、電話を借りて、田中の妻に、連絡を取った。

7

竹内ひろみは、コンコースの二階にあるレストランから、なかなか出て来なかった。

森口たちは、じっと待った。

いや、駅構内を、田中を刺した犯人と、田中がラブレターをもらった女を探して歩き廻りながら、一方で、竹内ひろみの動きを見張っていたというのが、正確だった。

午後六時三十分になって、やっと、竹内ひろみが腰を上げた。

入場券を買い、改札口を出ると、地下道を通って、第3ホームへ、上がって行った。

次に、到着するのは、博多発のL特急「有明15号」で、6番線に、一八時四〇分に着く。

森口と池谷は、売店のかげから、じっと、竹内ひろみを見守った。

外は、夕闇と降灰のために、もう、夜の気配である。

ホームには、こうこうと蛍光灯が輝いているのだが、それが、ひどく、心細く見えるのは、黒い灰が、容赦なく吹きつけてくるからか。

そして、暑い。

テレビのニュースは、「暑さと、降灰のダブルパンチ」と、いっていた。

いっそ、早く、台風が直撃してくれればいいとさえ思う。もちろん、そうなれば、別の被害があるだろうが。

L特急「有明15号」は、五分遅れて、姿を見せた。

パンタグラフが、架線と接触して、猛烈な火花をあげている。

列車が着き、ドアが開くと、どっと乗客が、吐き出される。どの乗客も、一瞬、空を見上げるのが、印象的だった。そして、やっぱり駄目かという顔になって、地下道へ降りて行く。

その中に、ひとり、まったく空のことなど気にせずに、降りて来る男がいた。ほかの乗客と、動作が違うので、変に目立った。

（小西だ！）

と、森口は思った。

背が、ひょろりと高く、髪を短くした若い男である。陽焼けした顔が多い中で、その男の顔は、いやに、青白い。ずっと、刑務所の中にいたからだろう。

竹内ひろみが、何か叫びながら、近づいて行く。

「あれが、小西ですか」

と、森口の横で、池谷が、小声でいった。

「どこへ行くのか、確認しよう」

と、森口はいった。

このまま、まっすぐ、指宿枕崎線のホームに行ってくれればいいと思ったが、二人は、地下道を通って、表口の改札口へ出て行く。

小西とひろみは、コンコースで、傘を一本買い求め、それをさして、降灰の続く街に出て行った。

森口と、池谷も、そのあとに続いた。

駅前広場を通り抜けたところに、新しいホテルが建っていた。七階建てのTホテルである。

森口と池谷も、わざと、一足遅らせて、ロビーへ入って行った。

小西とひろみは、もう、ロビーに、いなかった。

森口は、フロントで、二人のことを聞いてみた。

「月曜日まで、お泊まりになるということです」

と、フロント係はいい、宿泊カードを、見せてくれた。

小西の名前ではなく、「大川真一郎《おおかわしんいちろう》」という名前になっていた。他一名とある。住所は、枕崎である。

「ほかに、何か、いってなかったかね？」

と、森口がきくと、

「駅がよく見える部屋がいいと、おっしゃっていましたね。それで、西側に窓のあるお部屋を、お世話しましたが」

「駅が見える部屋か」

「何か、まずいことでも、ありますでしょうか？」

「いや、いいんだ」

と、森口はいった。

小西は、刑期をすませて、自由になった人間である。どのホテルの、どの部屋に泊まろうが、自由なのだ。

しかし、駅が見える部屋、という注文が、引っかかった。駅を見たいのも、好き好きだが、相手が小西だからである。ひょっとすると、駅で働いている山本助役や、常田公安官の動静を、知りたいと思っているのかもしれない。

「君は、ここにいて、小西たちの動きを、見張っていてくれ」

森口は、池谷刑事を残して、西鹿児島駅に引き返すことにした。

風が強くなっていて、駅前広場では、降灰が、渦《うず》を巻くように舞い上がっている。

森口は、ハンカチで顔を覆い、走って駅に飛び込んだ。それでも、頭から、灰をかぶってしまっている。

コンコースの中は相変わらず、むっとする暑さだった。窓が全部閉まっているからである。

それでも、コンコースの中の床は、灰で、黒く汚れていた。人が、出入りするたびに、灰が、吹き込んでくるためだ。

駅構内の聞き込みに廻っていた刑事たちが、森口の傍に、集まって来た。

「収穫なしです。田中さんが刺されるのを目撃した人間は、見つかりません」

「モンタージュの女も、構内にはいません」

と、刑事たちが、森口に報告した。

「女は、もう、ホテルか旅館に入ってしまっているだろう。市内のホテル、旅館を当たってみてくれ」

森口がいうと、二人の刑事が、降灰の中へ飛び出して行った。

森口は、ほかの刑事たちに、あとを委《まか》せて、いったん、西警察署へ戻った。警察署の建物も、灰で汚れている。

窓を閉め切っているのに、床や、机の上などが、うっすらと汚れているのだ。

森口は、雑巾《ぞうきん》を持って来て、自分の机の上を拭いた。

「おい、クーラーは、どうなってるんだ？」

森口は、暑さに閉口して、部屋にいた若い鈴木《すずき》刑事に、大声できいた。

「故障です」

「故障？」

「どうも、灰を吸い込んでしまったらしくて、ハナダ電気に連絡しましたが、まだ来てくれません」

「じゃあ、扇風機を持って来いよ」

「扇風機は、駄目です。床に残った灰を巻き上げてしまいますから」

「なんとかならないのか」

「雨が灰を流してくれればいいんですが、台風だと土砂崩れが怖いですよ」

「来そうなのか？」

「気象台では、来るといっていますが、風台風《かぜ》だと、大変です」

「伊東警部は？」

と、森口は、部屋の中を見廻した。

「まだ、K病院です」

「田中さんの容態は、どうなんだ？」

「さっき、警部から連絡がありまして、危篤状態が、続いているそうです」

「そうか」

と、森口はいい、洗面所へ行って、顔を洗った。すぐ顔が汚れてくる。それに、眠い。たぶん、今夜は、徹夜になるだろう。

午後七時半過ぎになって、市内のホテルや旅館を廻っていた若山《わかやま》刑事から、連絡が入った。

「モンタージュの女性と思われる泊まり客が、城山《しろやま》観光ホテルに、いるよ」

と、若山はいった。

若山は、森口と同期で警察に入った、ベテラン刑事である。

「間違いないのか？」

「フロントは、モンタージュの女性に、よく似ているといっている」

「そこに、ひとりで、泊まっているのか？」

「ああ。ツインの部屋だが、ひとりだそうだ。名前は、神田《かんだ》ゆう子。住所は、大阪になっている。ここに、チェックインしたのは、今日の正午少し過ぎだといっている」

「一〇時四二分に、『明星51号』で着いて、市内で、食事をすませてから、チェックインしたとすれば、時間的には、合うな」

「どうする？　会って、話を聞いてみるか？」

「おれも、そちらへ行くよ」

と、いって、森口が、電話を切った時、待っていたように、K病院にいる伊東警部から、電話が入った。

「田中さんが、死んだよ」

と、伊東は、疲れた声でいった。

「いけませんでしたか」

「すぐ、東京へ、連絡してくれ。十津川という警視庁の警部だ」

# 第四章　八月十日（土）夜

## 1

風は強まっているが、雨は降って来ない。

積もった降灰が強風にあおられて、もうもうと、夜の闇の中で、舞い上がっている。

「コーヒーでもいれましょうか」

伊集院助役が、木田駅長に、声をかけた。

「ああ、頼むよ」

木田は、両手で顔をなでた。

事態は、少しずつ悪化している。到着する列車は、五、六分ずつ、遅れるようになって来た。

　このままでいけば、ＣＴＣの機能が失われて、列車のスピードを、大きく落とさざるを得なくなるだろう。そのうえ、殺人事件である。いやがうえにも、暑苦しい夜になりそうだ。

　伊集院が、インスタントコーヒーをいれた。

「君たちも、飲んでくれ」

　と、木田は、駅長室に詰めている、ほかの助役たちにも、声をかけた。

　コーヒーを飲んでいる間に、鉄道管理局の方から、連絡が入った。

　鹿児島―南鹿児島間の鴨池《かもいけ》第一踏切で、警報機が故障し、遮断機が降りなくなったため、職員が、急行したというのである。

「始まったな」

　と、木田は、硬い表情でいった。

　降灰のため、自動踏切が絶縁不良を起こすことは、覚悟していた。一ヵ所が、不良になれば、ほかの踏切でも、当然、同じ故障が起きるはずである。

　木田が、予想したとおり、続いて、鹿児島本線の寺之下《てらのした》踏切で、警報不良の故障が起きたという連絡が入った。

「構内は、大丈夫かな？」

と、木田は、伊集院にいい、二人で駅長室を出た。

構内の施設で怖いのは、転轍機《ポイント》の故障である。降灰のために転換不能となると、構内の列車の発着に支障を来《きた》すし、CTCの機能が、大きく低下してしまう。

「乗客へのおしぼりサービスは、ちゃんと、実行しているかね？」

木田は、歩きながら、伊集院にきいた。

それで、降灰がおさまるわけではないが、鹿児島に来るお客へ、おしぼりを渡すサービスは、せめてものもてなしである。

「やっていますが、全列車へというわけにはいきませんので、特急列車の乗客だけになっています」

と、伊集院がいう。

二人は、線路に降りた。

構内の何ヵ所かに取りつけられた投光機が、並行に走る線路を、照らし出している。

その強烈な明かりが、降り続く灰を、くっきりと浮き出して見せる。

レールの間は、砕石が見えないほど、灰が積もってしまっていた。

転轍《てんてつ》機のところでは、保線係が集まって、必死に、灰の除去に努めている。

ヘルメットをかぶり、マスクをかけた顔は、どれも、汚れて、疲れていた。

寝不足のためだけではないだろう。いつまで続くかわからない作業に、疲れてしまうのだ。

「ご苦労さん」

と、声をかけようとして、木田は、やめてしまった。

そんな言葉は、何の励ましにもならないと、思ったからである。

とにかく、この降灰がやんでくれないことには、どうしようもないのだ。

「雨ですね」

と、ふいに伊集院が、暗い空を見上げて、いった。

木田の顔にも、雨滴が当たった。

「この雨が、灰を流してくれるといいんですが」

伊集院が、いう。

しかし、必ずしも、そうなるとは限らない。灰が、雨で湿ると、それが、架線などにこびりついて、新しい事故に、つながってもくるのだ。

## 2

東京では、十津川が、田中刑事死亡の電話を受けて、すぐ、鹿児島行きを決意した。

「まだ、飛行機が、あったかな？」

と、十津川は、亀井《かめい》刑事に声をかけた。

「鹿児島行きは、もうありませんが、福岡行きの最終便には、間に合います」

「それで行こう。カメさんも、一緒に行ってくれ」

と、十津川はいった。

あわただしく支度《したく》をし、本多《ほんだ》一課長にも、事情を説明してから、二人は、羽田に向かった。

台風が、鹿児島に近づいているが、東京の空は晴れわたって、珍しく、星が、きれいだった。

二〇時三〇分発の便に、間に合って、乗ることができた。

「田中刑事は、なぜ、殺されたんですか？」

座席に腰を下ろしてから、亀井がきいた。

十津川は、飛行機が急上昇して、水平飛行に移るのを待ってから、

「向こうの説明では、間違って殺されたんじゃないかということだったがね。車内で、女が、連れの人間に、やきもちをやかせようとして、ラブレターを田中君に渡した。それに、カッとして、男が刺したんじゃないかというんだよ」

「もう一人、殺されていましたね」

「同じラブレターをもらった東京の男だ。彼のことは、今、西本君たちが調べている」

「もし、それが本当だとすると、田中刑事は、とんだとばっちりにあったことになりますね」

「本当だ」

と、十津川は肯いた。死んでも死に切れないというのは、こんな事件のことをいうのだろう。

田中は、三年ぶりに、故郷枕崎の港まつりを見たいのと、子供を、両親に見せたくて、休暇をとった。その祭りを見ないうちに、殺されてしまったのだ。

「すると、その女が、見つかれば、犯人も、自然に、浮かび上がってくるわけです

ね？」

亀井が、きく。

「そうなんだ。それで、向こうの県警では、問題の女らしい人間が見つかったと、いっていたがね」

「それなら、もう、事件は解決したようなものじゃありませんか？」

「推理が、当たっていればだよ」

と、十津川はいった。

## 3

伊東警部と森口刑事の乗ったパトカーは、城山の上にあるホテルに向かって、坂道を上がって行った。

城山が、鹿児島市のシンボルであるように、城山観光ホテルは、鹿児島を代表するホテルである。

降り出した雨は、依然として降り続いているが、小雨で、積もった灰を、洗い流してくれそうにない。

それどころか、降灰は、雨に濡れて、べとついて、車にへばりつき、フロントガラスに付着する。

ワイパーを動かしても、なかなか落ちてくれないのだ。

森口は、時々、車を停めては、手で、フロントガラスを拭いた。

二人を乗せたパトカーは、ゆっくりと、城山の頂上に向かって上がって行く。

晴れていれば、鹿児島市の灯火やネオンが展望できるのだが、この降灰では、はっきりしなかった。

道路の両側の緑も、美しいはずなのだが、ライトに照らし出された樹々は、灰で、汚れている。

ホテルに着いた。

伊東と森口はロビーに入って行った。

フロントに、警察手帳を見せ、「神田ゆう子」という泊まり客に会いたいと、告げた。

相手は、拒否するかなと、伊東は思ったのだが、案外に、ロビーに降りて来た。

死んだ田中刑事は、美人だといっていたが、なるほど、彫りの深い、美しい女だった。

ただ、暗い眼をしていた。

黙って、伊東たちの傍へ来ると、彼女は、

「神田でございますけど」

と、いった。

「まあ、座って、話しませんか」

伊東は、ロビーの隅に、向かい合って腰を下ろしてから、改めて、警察手帳を見せた。

「今日、『明星51号』で、お着きになりましたね？」

「ええ」

「その車内で、乗客の一人が殺されていました。3号車の乗客で、向井田俊二という男です。さらに、田中という乗客が、西鹿児島駅で刺され、ついさっき亡くなりました」

伊東がいうと、神田ゆう子は、青ざめた顔で、

「それが、私と、何か関係がありますの？」

と、きいた。

「二人とも、あなたから、ラブレターをもらっているんです」

「私が？　そんな――私は、知らない人に、ラブレターなんか差し上げませんわ」

「これなんですがね」

伊東は、問題の二通の手紙を、女の前に置いた。

「これは、あなたが、書かれたものじゃありませんか？」

「いいえ」

「よく見てください」

「いくら見ても、私じゃありませんわ。そんなものを書く理由がありませんもの」

「神田さん」

「はい」

「われわれは、あなたが、人殺しだと思っているわけではありません。背中から、心臓まで達するほど、ナイフで刺すのは、男の力だと思っています。ただ、われわれは、事実を知りたいんですよ。どうですか？　これは、あなたが書いて、車内の二人の男に渡したものでしょう？　違いますか？」

「違いますわ。私には、関係ありませんわ」

神田ゆう子は、強い調子で否定した。

「それでは、その便箋に、『あなたを愛しています』と、書いてみてくれませんか」

伊東は、自分のボールペンを、女の前に置いた。

ゆう子は、それを、手に取ろうともせず、

「お断わりしますわ」

「自分が書いたとわかるのが、怖いんですか？」

と、伊東は、意地悪くきいた。

「いいえ。書く必要がないと思うから、書かないんですわ」

「連れは、いらっしゃらないんですか？」

伊東は、急に、話題を変えた。

「私一人ですわ」

「しかし、ツインルームを借りていますね？」

「私、狭い部屋は嫌いですから」

「しかし、ここへ来るのには、夜行列車の狭いベッドに、寝て来られたんでしょう？」

「汽車の旅というのは、好きですから、別に苦になりませんでしたわ」

と、ゆう子はいった。

取りつく島もないという感じがした。

「失礼しよう」

　と、伊東は、森口を促して立ち上がった。

「警部。忘れ物です」

　森口が、小声でいい、テーブルの上に置いた手紙と、ボールペンを取ろうとするのを、伊東は、眼で止めた。

　代わって、神田ゆう子が、それを手に取った。

「忘れ物ですわ」

　と、伊東にいった。

「どうも、ありがとうございます」

　伊東は、礼をいって、受け取った。

　二人は、ロビーを出て、パトカーに戻った。

「申し訳ありませんでした。気がつきませんで」

　と、車に乗り込んでから、森口がいった。伊東は笑って、

「いいさ、私だって、とっさに考えたことなんだ。彼女が、手に取ってくれれば、指紋がつくな、とね」

「すぐに、私もそう思い直したんですが――」

と、森口は、頭をかいてから、パトカーをスタートさせた。

西警察署に戻ると、伊東は、鑑識に、指紋の検出を頼んだ。

ボールペンに、いちばんはっきりと、神田ゆう子の指紋がついているというので、その指紋を採取した。

次に、二通のラブレターの指紋である。この方は、ホテルで、神田ゆう子が手渡した時にも、彼女の指紋がついたはずだが、その前に、指紋の検出は、すませてあった。

田中刑事に、渡された時である。その時、二通のラブレターから、鑑識が、いくつかの指紋を採取した。

その指紋の中に、神田ゆう子の指紋が一つでもあれば、彼女が、書いた証拠になるはずである。

「そうなったら、逮捕状を、請求するよ。犯人を知っているはずだからね」

と、伊東は、森口にもいって、結果に期待した。

だが、指紋の照合にあたった鑑識課員は、伊東に向かって、

「ありませんね」

「ない？　そんなはずはないんだ。よく調べてくれよ」

と、伊東は、文句をいった。

「ちゃんと、やりましたよ。しかし、同じ指紋は、ありませんね」

と、鑑識課員は、肩をすくめるようにして、いった。

伊東は、憮然とした顔になった。

「どういうことなんでしょうか？」

森口刑事も、わからないという顔で、伊東を見ている。

「わからんよ」

「彼女は、ラブレターを書いて、田中さんや、向井田俊二に渡す時、手袋をはめていたんですかね？」

「この八月の暑い時にかね？　もし、彼女が手袋をしていたら、異様だから、田中刑事が覚えているんじゃないか」

「しかし、彼女が、書いて渡したのは、間違いないと思いますが」

「一つだけ考えられるのは、指先に、セロテープを貼って、書いて、渡したということだな。それなら、指紋はつかないし、田中刑事も、変に思わなかったろう」

「旅に出るのに、セロテープを持って出るというのは、ちょっと、考えられませんが――」

と、森口がいう。

「そうだな。とすると、絆創膏《ばんそうこう》かな。それなら、旅に持って出る人がいても、おかしくないんじゃないかね？」

「それなら、おかしくありませんね」

「とにかく、彼女は、用心深く行動したんだよ」

と、伊東はいった。

（だが、どこか、おかしいな）

伊東は、すっきりしないものが頭に残った。ただ、どこが、すっきりしないのか、よくわからないのだ。

伊東は、大阪府警本部に、電話をかけ、神田ゆう子が、ホテルの宿泊カードに書いた大阪の住所を、調べてもらうことにした。

うまくいけば、神田ゆう子が、何者なのか、わかると思ったからである。

## 4

ＣＴＣ制御室は、次第に殺気だってきた。

雨に、灰が混じって降り始めたために、粘りのある灰が、架線や碍子《がいし》に、こびりつき始めたのだ。

それによって、絶縁不良になり、スパークする恐れがあった。

もちろん、手をこまねいているわけではなかった。水をいっぱいに入れたタンク車を出動させ、作業員が、ポンプで放水して、架線の灰を、洗い落とすことにした。

だが、そのタンク車の数は、限られているし、時刻表どおりに走っている列車の合間をぬっての作業である。

鹿児島市内でも、吉野町で、同じ理由によって、停電が起きたという報告も入って来ていた。

踏切のトラブルも、木田係長が予想したとおり、第二、第三と、連続して起きてきていた。

列車が通過しても、遮断機が上がらなかったり、警報が、鳴り続けたりする故障である。すぐ、作業員を送り込んで、手動に切り替えた。

それでも、まだ、ＣＴＣは機能している。

列車は、正常に、赤ランプで表示されている。

鹿児島鉄道管理局内の各駅から、まだ、異常を知らせる電話は入っていなかった。

それは、ＣＴＣの表示どおりに、信号が変わり、列車が動いているということである。

木田係長は、外へ出て、手で雨を受けてみた。

ただの雨滴ではない。黒い、灰を溶かした雨滴である。たちまち、彼の掌は黒くなり、粘る灰で、汚れていった。

（いつまで、これが続くんだ！）

と、木田は、怒鳴りたくなった。天に向かって怒鳴ったところで、やんでくれるものでもない。

手を洗って、ＣＴＣ制御室に戻った。

（十二時まで、正常に機能してくれ）

と、木田は、祈った。十二時を過ぎれば、西鹿児島駅を発着する列車は、なくなるからである。

そのあとは、午前四時まで、西鹿児島駅は眠る。その間に、灰の除去作業を、集中的に実行することができるし、運がよければ、降灰が、やんでくれるだろう。

木田は、壁にかかっている時計に、眼をやった。

午後十時になったところだった。

（あと、二時間か）

と、思った時、木田の恐れた事態が発生した。

日豊本線の竜《りゅう》ケ水《みず》と鹿児島の間で、架線が、スパークしたのである。

ＣＴＣも、機能しなくなってしまった。

すぐ、その間の架線を点検しなければならない。

一時、電流を止める必要に迫られた。電流を止めれば、列車は、大幅に遅れることになるのだ。

## 5

十津川と、亀井の乗ったＪＡＬ３７７便は、定刻の二二時一〇分に、福岡空港に、着陸した。

福岡の空には、月が出ていた。風は強いが、雨は降っていない。

ロビーで買った夕刊には、鹿児島市の降灰のことが、大きく載っていた。

だが、福岡にいる限り、その状況は、十津川たちには、ぴんと来ない。

十津川は、ロビーの電話で、鹿児島の西警察署に、連絡を取った。

電話口に、伊東警部が出てくれた。

「残念ながら、まだ、犯人の目星がついていません」

と、伊東は、申し訳なさそうにいった。

「例のラブレターの女性らしい人間が、見つかったそうですが？」

十津川は、きいた。

「田中刑事の証言で作ったモンタージュに、よく似た女性が、城山観光ホテルに泊まっているのは、わかっています。しかし、確証はありません。指紋を採取したんですが、ラブレターについている指紋とは、一致しませんでしたのでね」

「別人ということですか？」

「いや、指紋をつけないようにして、彼女は、問題のラブレターを書き、田中刑事や、もう一人の被害者に、渡したんだと思いますね」

「すると、彼女が、犯人を知っているということになりますね？」

「そう思っていますが、今もいったように、証拠が、ありません」

「その女性のことは、まったくわからずですか？　何をやっていて、何のために、鹿児島に来たのかということも？」

「宿泊カードに、大阪の住所が書いてあるので、今、大阪府警に照会しているところです。ただ、殺人事件の容疑者というわけではないので、連れて来て、尋問するというわけにはいかんのです」

「わかります」

「今のところは、大事な観光客の一人ということですし、モンタージュに似ているというだけでは、どうしようもありません」

と、伊東はいってから、何か、情報が入ったらしく、「ちょっと待ってください」

と、いった。

二分ほどして、伊東の声が、電話に戻った。

「今、大阪府警から、連絡が入ったんですが、彼女が、宿泊カードに記入していた大阪の住所は、でたらめだそうです。大阪の人間かどうかも、あやしいですね」

と、伊東はいった。

「降灰の具合は、どうですか？」

十津川は、話題を変えて、そう、きいてみた。

「相変わらず続いていますよ。市内の一部で、停電騒ぎがあったり、列車が延着したりで、弱っています。今日は、福岡にお泊まりですか？」

「そうですね。これから、そちらへ行く列車はありませんから。明朝早く、飛行機を利用して、そちらへ向かうつもりでいます」

と、十津川はいった。

十津川と亀井は、空港近くのホテルに、部屋をとった。

テレビのスイッチを入れると、午後十一時のニュースが始まった。

鹿児島の降灰の様子が、最初に、画面に、映し出された。

午後五時というテロップが出ているが、画面は、夕暮れのように暗い。火花を散らしながら、動く市電。タオルや、ハンカチで、鼻や口を覆って、小走りに、歩いていく市民たち。店頭の品物に、ビニールをかぶせている商店の人たち。そんな光景が、次々に出てくる。

「こりゃあ、ひどいですね」

亀井が、溜息をついた。

「ずっと、この降灰が、続いているらしいから、もっと、ひどくなっているんじゃないかな」

と、十津川はいった。

ただ、福岡にいたのでは、実感はなかった。

窓から外を見ると、相変わらず、きれいな夜空である。同じ九州で、降灰に苦しめられている場所があるということが、信じられない思いだった。

「田中刑事の奥さんに会うのが、辛いですね」

と、亀井が、ぼそっといった。

*6*

踏切の故障箇所が、ついに六ヵ所になった。

いずれも、降灰によるもので、遮断機が降りなくなったり、警報が鳴り続けたりする故障である。

幸い、踏切事故は、まだ起きていなかった。問題の六ヵ所には、職員が急派され、手動で開閉することになった。

日豊本線の竜ケ水―鹿児島間の架線故障は、一時間たった今も、修復していなかった。

雨も、降灰も、依然として、やんでいないのである。

木田駅長は、伊集院助役と、何度目かの構内の点検に出かけた。

台風の動きは、また鈍くなって、沖縄近くで、停滞している。いっそのこと、台風が通り抜けて、風向きが変わってくれれば、この降灰は、やむのである。

今のままでは、明日も、雨と降灰が続くだろう。

鹿児島本線、日豊本線とも、列車の発着が大幅に、遅れている。

4番線と、5番線には、すでに発車していなければならない上り列車が、乗客を乗せたまま、じっと、発車を待っていた。

その列車の屋根にも、やはり灰が積もっていた。

「待合室にも、乗客がいます」

と、ホームを歩きながら、伊集院がいった。

「対応は、きちんとしているね？」

「サービスに努めるように、駅員には、いってあります。ただ、いちばんのサービスは、一刻も早く、列車を動かすことですが」

「CTCは、まだ、元に戻っていないのかね？」

「架線の修理が終わらないと、無理でしょう。点検中は、電流を止めておかなければなりませんから」

「現在の列車の遅れは、平均四十分くらいか？」

「そのくらいですね。このままでは、二、三本の列車を運転中止にしなければならなくなると思います」

「そうはしたくないがね」

と、木田はいった。

現在、無事故運転の記録が続いているのだ。それを、少しでも、伸ばしたいと思っていた。

特に、今は、帰省ラッシュである。この時期に、事故ではなくても、何本かの列車を、運転中止にしなければならないのは、辛い。

駅員の一人が、ホームを走って来た。

「架線の修理が、終わりました！」

と、大声で、木田に報告した。

「よし、じゃあ、列車は発車できるんだな？」

木田が、きいた。

「ＣＴＣは、正常に機能すると、いっていましたから、大丈夫だと思います」

と、駅員がいう。その言葉を、裏書きするように、４番線、５番線の信号が、赤から青に変わった。

まず、４番線から、鹿児島本線の上り列車が、一時間九分遅れて、ゆっくり発車して行った。

続いて、木田たちのいる第3ホームの5番線から、日豊本線の上り普通列車が、発車して行く。

木田と、伊集院は、ホームに立って、それを見送った。ともかく、出発してくれたという思いが、二人の顔を、優しくさせている。

列車の、二つの赤い尾灯は、いつもなら、いつまでも見えているのだが、降灰と雨が続く今夜は、あっという間に、にじんで、消えてしまった。

これで、ほっとしているわけにはいかなかった。

途中駅で、停まっていた下り列車も、遅れて到着してくるだろうし、発車する上り列車の最終も、ずれて、遅くなってくるのだ。

特に、問題なのは、西鹿児島に到着する列車の乗客のことだった。

一時間以上遅れて到着すると、もう、指宿枕崎線の列車はないし、バスなどの便も、当然、なくなっている。

明朝まで、駅の待合室で過ごしたいと希望する乗客も出てくると、思わなければならない。

「毛布を揃えておいてくれ。それに、飲みものだ。売店は、もう閉まっているから、お茶ぐらいは、用意しておかないとね」

と、木田は、伊集院にいった。

伊集院は、すぐ、駅長室へ引き返して行った。

木田は、ゆっくりと、ホームを歩いて行った。

彼には、もう一つ不安があった。それは、警察の問題ではあるのだが、小西晋吉のことである。

小西が、女と一緒に、駅前のTホテルに入ったことは、西警察署の伊東警部から聞かされていた。

（山本助役と常田公安官を、狙っていることも、考えられます）

と、伊東はいった。

山本助役は、今、勤務についている。万一に備えて休んだらどうかと、いったのだが、平気だといって、帰宅しようとしない。こんな時に、休めますかとも、山本はいった。

まもなく、停年退職の山本助役は、国鉄の最後の職員として、悔いのない生活を送りたいのだろう。

6番線に、博多発のL特急「有明」が、一時間二十一分遅れて、到着するというアナウンスがあった。

地下道に降りかけた木田は、ホームで、その列車を迎えることにした。

伊集院が、戻って来た。

「指示は伝えました。ありったけの毛布と、魔法壜などを、用意します」

と、彼が、報告した。ホームの蛍光灯でよく見ると、伊集院の顔は、ひどく、腫《は》れぼったくなっている。たぶん、木田自身も、ほかの駅員たちの顔も、疲労で、むくんでいることだろう。

L特急「有明」が、ゆっくりした速度で、6番線に入って来た。

ツートンカラーの美しい車体が、灰をかぶって、汚れての到着である。特に、正面が、黒く塗られたように見える。

ドアが開くと、疲れ切った顔で、乗客が、吐き出されて来た。

帰省の人たちの威勢のよさは、見られない。一時間以上、途中駅で、閉じ込められていたのだから、むっとした顔で、足取りが重いのも、当然だろう。

小さな子供は、父親や母親に抱かれて、眠ってしまっている。

ホームにいた駅員の一人が、中年の男の乗客に、何かいわれていた。一時間二十一分も延着したことについて、乗客は、文句をいっているのだろう。

国鉄側にしてみれば、降灰という不可抗力のものが、列車を遅らせたのだが、乗客にとっては、怒りのはけ口は、駅員にしか、向けることができない。

（いい返さないでくれればいいが）

と、木田は、若い駅員を、はらはらしながら見つめた。

中年の男は、なおも、その駅員に向かって文句をいっている。

「止めて来ますか？」

と、伊集院が、いった時、やっと男が、地下通路に向かって、歩き出してくれた。

木田は、ほっとした。

「あの駅員を、ほめておいてくれ」

と、木田は、伊集院にいった。今日は、乗客からの苦情が、駅員たちにぶつけられることが、予想される。駅員たちも、暑さと、降灰と、緊張とで、神経がささくれているから、乗客と喧嘩になる要素は大きい。国鉄が解体されようという時、駅長の木田にしてみたら、なるべく乗客との摩擦は、避けてほしいのだ。

木田は、地下通路を通って、表口のコンコースに戻った。

彼の予想したとおり、乗客の何割かは、待合室に腰を下ろして、動こうとしない。最終の指宿枕崎線に間に合うようにと、L特急に乗ったのに、遅延で、それができなくなってしまった人たちだろう。

指宿、枕崎方面へ、臨時の国鉄バスを出すか、待合室で、夜明けまで、休んでもらうより、仕方がない。

木田は、待合室をのぞいた。駅員が、お茶を配ってくれている。それを見て、木田はいくらか、ほっとした。

## 7

若い池谷刑事は、ロビーの隅で、煙草を吸っていた。

小西が、竹内ひろみと、このTホテルにチェックインしてから、すでに、五時間近くが経過している。その間、一度も、ロビーに、降りて来なかった。

眠気に襲われるのを我慢して、池谷は、もう何本も煙草を灰にしていた。相手が、どう出るかわからないだけに、辛い張り込みである。

ふいに、池谷刑事の煙草を持つ手が止まった。

エレベーターから、小西晋吉と竹内ひろみが、肩を並べて、ロビーに出て来たからだった。

小西たちは、フロントにカギを預けて、ホテルを出た。ホテルの傘をさし、ゆっくりした足取りで、西鹿児島駅に向かって、歩いて行った。

池谷も、そのあとに続いた。彼の方は、傘がないので、降灰の溶けた雨が、容赦なく、身体を濡らしてくる。

（参ったな）

と、思いながら、池谷は、小西たちのあとを、歩いて行った。顔を濡らした雨は、灰が溶けているので、顔は、べとついてくる。ハンカチで拭くと、たちまち、そのハンカチが、黒くなった。

二人は、駅の中に入った。

続いて池谷も、入って行く。

十二時に近い時刻である。いつもなら、もう、すべての列車発着が、終わってしまっていて、静まり返っている時間なのに、今夜は、まだ、改札を通っていく客がいるし、ホームには、上りの列車の姿が見えた。

降灰によって、列車が遅れているためだろう。

小西と竹内ひろみは、改札口の上にかかっている指宿枕崎線の時刻表を見上げて、何か、小声で、話し合っている。小西の郷里は、枕崎のはずだから、明日にでも、二人で、行くつもりなのだろうか？

（おとなしく、帰ってもらいたいな）

と、池谷は見ていた。

コンコースの売店は、すべて閉まっている。とすれば、小西は、すぐ、ホテルへ引き返すだろう。

池谷は、そう考え、煙草をくわえて、火をつけた。

その時、急に、小西が、竹内ひろみから離れて、駅長室の方へ歩き出した。

池谷の顔色が変わった。小西晋吉の歩いて行く先には、山本助役の姿があったからである。

山本は、駅長室から出て来て、乗客の集まっている待合室に行こうとしていた。

小西が、その山本助役に、何か、声をかけた。

山本が、立ち止まって、小西を見た。池谷は、小走りに、二人の傍へ近寄った。小西が、何かしようとしたら、飛びかかって、押さえ込むつもりだった。

「おれを覚えているか？」

と、小西が、山本助役にいうのが聞こえた。顔は、笑っているが、彼の気持ちが、どうなのかは、わからない。

山本助役は、さすがに、青ざめた顔になって、

「ああ、覚えている」

と、答えている。

小西は、ニヤッと笑い、ぐいっと、自分の顔を近づけて、何かいったが、それは、池谷には、聞こえなかった。

池谷は、小西の手を見つめていた。彼の手が、妙な動きをしたら、容赦なく逮捕する気だった。

しかし、小西は、また、何かいっているが、手は動かさなかった。十分近く、そんな状態が続いたろうか。

小西は、山本助役から離れると、竹内ひろみを促して、駅を出て行った。

池谷は、小西とひろみの、二人を見送ってから、待合室に消えようとする山本助役を呼び止めた。

「警察の者ですが、今、小西は、あなたに、何をいったんですか？」

「何って、おれのことを覚えているかって、聞きましたよ」

山本助役は、眉をひそめて、いった。

「それは、聞こえました。そのあとです。あなたを、脅迫するようなことを、いいま

せんでしたか？」

「そうですねえ。あれは、脅迫ということになるのかな」

「どういったんです？」

「八年前のことを、覚えているかっていうから、もちろん覚えていると、いいました。そうしたら、今も、正しいことをしたと思っているのか、と、いいましたね」

「それで、あなたは、何と返事をされたんですか？」

「駅員として、当然のことをしたと思っていると、答えました」

「そうしたら？」

「おれを、八年間、刑務所に放り込んだことについては、どう思うんだって、ききましたよ。仕方がないから、あなたには、気の毒だったと思うが、人を殺したんだから、仕方がないだろうと、いったんですがね」

「小西は、怒りましたか？」

「さあ。ただ、それじゃあ、おれが、お前さんを憎むのも、仕方がないってことになるなって、いいましたね」

「そういった時、小西の表情は、どうでした？」

「ニヤニヤ笑っていましたね」

「常田公安官のことは、何か、いっていませんでしたか？」

「あの時、おれを捕まえた奴は、お前さんのほかに、常田とかいう公安官だったなって、念を押していましたね。そいつにも、よろしく、いっておいてくれってね」

「それだけですか？」

「そうです。これじゃあ、脅迫には、ならんでしょう？」

「そうですね。逮捕はできませんね」

「じゃあ、失礼しますよ」

と、いって、山本助役は、待合室の中に、入って行った。

池谷は、コンコースの電話で、森口刑事に、今のことを連絡した。

「そうか。小西が、山本助役を脅しに来たか」

「しかし、別に、殺すだとか、殴るとかはいっていませんでしたから、脅迫容疑で、逮捕はできないんでしょう？」

「小西は、頭が切れる奴だからな。逮捕されるようなことは、しないさ。しかし、何かやる気かもしれないな」

「どうしますか？　山本助役と常田公安官に、誰かつけますか？」

「できれば、二人とも、二、三日、休んでくれるといいんだが、降灰が続くと、そうもいかんだろうな」

「一応、駅長に話してみます」

「ああ、そうしてくれ」

と、森口がいった。

8

西警察署には、枕崎から、車で、田中刑事の妻が、やって来ていた。

伊東警部は、彼女に会って、田中が刺された時のこと、病院に運ばれたあとの状況などを、説明した。

ユミは、黙って聞いていた。何か質問しようにも、突然のことで、何を聞いていいのかわからないのだろう。

そのあと、伊東は、遺体の安置されている地下の霊安室に、彼女を案内した。それまで、ほとんど無表情だったユミが、初めて、夫の遺体を見ると、涙を浮かべ、それから、

「誰が、こんなことを――？」

と、かすれた声で、伊東にきいた。

伊東は、迷った。

あのラブレターのことを話したものかどうかである。

記者会見の時にも、ラブレターのことは、発表しなかった。それは、二人の被害者の遺族への配慮からというより、犯人に対して、こちらが、ラブレターに気がついていないように思わせたかったからである。

だが、今度は、田中ユミを、傷つけまいという配慮が、伊東の気持ちを、迷わせた。

これは、女のいたずらだったんですといっても、動転しているユミは、素直には受け取らないだろう。それに、彼女が、どんな性格の女性なのかもわからない。気丈で、冷静な判断力を持つ女性ならば、こちらの話を、理解してくれるだろうが、感情的な性格なら、いたずらに、悲しみを大きくするだけになってしまうだろう。

第一、ラブレターのことを、ユミに知らせたところで、事件の解決が早まるとは、思えない。というのは、これは、田中刑事を含む、三角関係で起きた事件ということではないからである。

「目下、鋭意捜査中ですが、残念ながら、皆目、見当がつかずにおります」

と、伊東は、型にはまった答え方をした。

「本当に、手がかりが、ないんですか？」

「ご主人が、駅の構内で刺された時の目撃者がいればと思っているんですが、それが、まだ見つかっていないのです」

と、伊東は、いってから、

「十津川警部が、今、福岡まで来ています。福岡から、ここへ来る方法がないので、明朝、飛行機で、やっと来るということです。お会いになるでしょう？」

「ええ。お会いしたいと思いますわ」

「じゃあ、今夜は、枕崎にはお帰りにならずに、鹿児島にいてください。すぐ、ホテルを、手配しますから」

と、伊東はいった。

森口に、ホテルを手配させ、パトカーで、送って行かせた。

森口が、戻って来たのは、十二時過ぎだった。彼は、洗面所で、顔を洗ってから、伊東のところに来ると、

「なかなか、気丈な女性ですね」

と、伊東にいった。

「これから、だんだん、悲しみが胸にしみ込んでいくのかもしれんよ。今は、ただ、茫然としているだけということもあるからね」

「そうですね」

「街の様子は、どうだ？」

「相変わらず、降灰が続いています。近くのホテルへ往復しただけで、パトカーが真っ黒ですよ。窓ガラスに、べったりとくっついていて、ちょっとぐらいの水じゃあ、落ちませんね」

「いっそ、台風が直撃して、全部、洗い流してくれれば、いいんだがね」

「その代わり、台風の被害が、出ますよ」

「なぜ、この鹿児島の街だけが、こんな被害を受けなきゃならんのかね」

伊東は、うんざりした顔で、窓の外に眼をやった。が、その窓ガラスも、雨に混じった灰のために、まるで、曇りガラスになってしまって、外が見えない。

「気象台は、何といってるんですか？」

と、森口がきいた。

「桜島の南岳の噴火がやむか、秋になって、風の向きが変われば、降灰はなくなると、いっているよ。台風は、依然として、停滞しているそうだ」

「秋になればといったって、まだ、八月十日ですよ」

「いや、十一日になったよ」

と、伊東はいった。

「城山観光ホテルの神田ゆう子は、どうしますか？」

「問題は、それなんだ。さっき、署長とも、話し合ったんだがね。彼女が、モンタージュの女に違いないとは思うんだが、肝心の証拠がない。ラブレターに、彼女の指紋もなかったからね」

「しかし、警部。彼女は、でたらめの住所を、宿泊カードに書いているじゃありませんか。神田ゆう子という名前だって、偽名に違いありませんよ」

森口が、息まいた。が、伊東は手を振って、

「私だって、休みをとって旅行する時は、偽名や、でたらめの住所で、ホテルや、旅館に泊まることがあるよ。そうしたからといって、別に、法律に触れるわけじゃない」

「しかし、彼女の場合は別でしょう。なにしろ、殺人事件に、関係している疑いがあるわけですから」

「それじゃあ、逮捕状を取って連行するかね？」

「令状は、無理ですか？」

「今のままでは、無理だね。モンタージュに似ていることしかないんだし、そのモンタージュを作った田中刑事は、死んでしまっているんだ」

「証拠ですか――」

「そうだよ。証拠だ」

「筆跡は、どうですか？　ラブレターの文字と、あの女が書いた字の筆跡が一致すれば、いいわけでしょう？」

「そうだ。ホテルの宿泊カードの文字と、比べてみるか」

と、いい、伊東は、すぐ城山観光ホテルのフロントに、電話をかけた。

「神田ゆう子さんの、宿泊カードのことですがね」

と、伊東は、受話器を摑んで、話していたが、急に、声の調子を落として、

「そうですか。間違いありませんか――」

と、いい、失望した顔で、電話を切った。

「どうされたんですか？」

心配して、森口がきいた。

「ホテルのフロントの話だと、あれは、神田ゆう子が書いたものじゃないと、いって

る」

「じゃあ、誰が、書いたんですか？」

「あそこのフロント係だそうだ」

「なぜ、フロント係が、そんなことをしたんですか？　あれは、客本人に書かせるものでしょう？」

「君が怒っても、仕方がないよ。なんでも、彼女は、眼鏡を忘れてしまって、カードの書き込む箇所がよく見えないといったそうだ。それで、フロント係が、彼女のいうとおりに、書き込んだといっている」

「彼女は、嘘をついているんですよ。眼鏡が必要な人間が、旅行に出る時、眼鏡をかけ忘れるなんて、考えられませんよ」

「私も、そう思うがね。嘘をついているという証拠はない。最初に、あの宿泊カードを見た時、ラブレターとは筆跡が違うなと思っていたんだがね」

「これで、ますます、あの女が、怪しくなって来たじゃありませんか。いろいろと小細工を使っているのは、自分に、やましいところがあるからですよ」

森口が、眼を光らせて、いった。確かに、彼のいうとおりだが、それだけで、彼女を、連行してくるわけにはいかなかった。

伊東はもう一度、城山観光ホテルに、電話をかけた。同じフロント係が、電話口に出た。

「今の神田ゆう子さんですが、チェックインしてから、誰かに電話をかけましたか？」

と、伊東はきいた。

「ええ、市内に、二度、電話されていますね。しかし、市内のどこにかけたかは、わかりません」

と、フロント係は、いう。

「外から、彼女に、かかって来たことは？」

「それは、ありません。人が訪ねて来たこともありません。もっとも、フロントを通さずに、直接、部屋に行かれたら、こちらでは、わかりませんが」

「二日間、泊まる予定になっているといいましたね？」

「はい、そうです。十二日にチェックアウトされる予定です」

「所持品は、どんなものを、持って来たんですか？　ハンドバッグと、ほかには？」

「大きな鞄をお持ちでした。ボーイが、お部屋までお持ちしたんですが、ひどく重かったと、いっています。ロビーへも、タクシーの運転手が、運んで来たんです」

「何が入っているんだろうか？」

「それは、わかりませんが、ずっしりと重かったことだけは、間違いありません。ボーイの一人が、『金庫でも入っているんじゃないか』と、いっていたくらいですから」

「そんなに重い鞄だったたんですか」

伊東は、眉を寄せた。

あの女は、いったい、何を、ホテルに持ち込んだのだろうか？

それに、何者なのだろうか？

# 第五章　八月十一日（日）朝

## *1*

午前三時。

いつもなら西鹿児島駅は、始発列車が出るまでの、束の間の休息をとっている時間である。

だが、今日は違っていた。降灰によって寸断された架線を修理し、踏切を正常に戻し、CTC装置が働くようにしておかなければならない。

駅のホームも、構内も、こうこうと明かりがつき、駅員たちは、疲れた身体を引きずるようにして働いていた。

雨は、断続的に降ったりやんだりしていたが、三時を過ぎる頃から、急に激しい降りになった。

駅長室で仮眠していた木田駅長は、激しい雨音に、眼をさました。

窓ガラスも、がたがた揺れている。

窓を開けると、滝のような雨で、視界がきかなくなっていた。

伊集院首席助役が、ドアを開けて、駅長室に入って来たのもわからなかった。

「駅長！」

と、伊集院が呼んだ。

その声も、あまりに雨音が大きいので、かすかにしか聞こえなかった。

木田は、あわてて窓を閉めた。

「台風が、急に動き出したそうです」

と、伊集院がいった。

「それで、この雨か」

木田がいった時、窓の外が、パアッと青白く光った。続いて鈍い雷鳴がとどろいた。

「雷の伴奏つきかい」

木田は、やれやれという顔になった。が、すぐ伊集院を見て、

「君は、寝てないんだろう？」

「みんな寝ていません。ほかの助役も、駅員たちもです」

「夜が明けたら、列車は、正常に動かせそうかね？」

「必死で、修理、点検作業を続けていますが、踏切の故障箇所だけでも、現在、六ヵ所ですから」

と、伊集院がいう。

「雨があまり降らずに、風向きだけ、変わってくれればいいんだがね」

木田は、祈るような口調でいった。

「そうですね」

と、伊集院は、肯いた。が、そんなにうまくいかないだろうことは、二人ともよく知っているのだ。

豪雨が襲えば、シラス台地の鹿児島では、各所で土砂崩れの起きる恐れがあるからである。

「もう一度、廻ってくるか」

木田は、ロッカーから、備品の雨合羽を二着取り出し、伊集院とそれを着て、駅長室を出た。

地下道を通って、第1ホームに上がると、ホームに降り込む雨がはね返って、二人の靴を、たちまち、びしょ濡れにした。

相変わらず激しく降り続いていて、すぐ近くの信号ですら、ぼんやりとしか見えない。

「──────」

と、伊集院が、何かいったが、風と雨で、よく聞こえなかった。

「なんだね？」

木田が、顔を寄せてきいた。

「ゴム長をはいてくれれば、よかったですね」

と、伊集院がいう。

「そうだな」

と、木田が肯いたが、今度は、それが、伊集院に聞こえなかったらしく、「え？」という顔を向けた。

木田は、もう一度、肯く気になれず、適当に笑っておいて、ホームを、宮崎方面に歩いて行った。

屋根はあるのだが、この激しい雨と風では、ないに等しい。地下道から上がった時は、足元だけが濡れたのだが、ホームを歩いているうちに、顔にも、身体にも、雨が当たってくる。

構内のポイントのところに、五、六人の駅員が集まり、カンテラと、懐中電灯の明かりの下で、作業をしているのが見えた。

木田は、雨合羽のフードをかぶってから、ホームの下に飛び降りた。たちまち豪雨が、彼の身体を押し包んだ。雨の勢いが激しいので、ぶつかる雨滴が、顔に痛い。

伊集院も、線路上に降りて来て、二人で、作業中のところに歩いて行った。ポイント切替えのところに、この雨で、どろどろになった灰が、流れ込んでいるのだった。

それを、掻《か》き出している。

掻き出しても、またすぐ、泥土が流れ込んでしまう。どうやら、期待より不安の方が適中して、この雨は、今のところ、悪い方に作用しているようだった。

「がんばってくれよ！」

と、木田は、大声でいったが、聞こえなかったのか、彼らは、ただ黙々と作業を続けている。

木田と伊集院は、そこから再び、ホームに戻った。

屋根の下に入ると、ずぶ濡れの合羽から、ぽとぽとと、水滴が、ホームに落ちる。

地下道に降りると、急に、耳朶《じだ》を打ち続けていた雨音が、消えたようになる。

「CTCを、のぞいて来よう」

と、木田はいった。

*2*

西警察署に設けられた捜査本部では、伊東警部が、窓を開けて、滝のように落ちる雨を眺めていた。

向井田俊二と、警視庁の田中刑事を殺した犯人の手がかりは、依然として、つかめずにいる。

どうやら、臨時特急「明星51号」の中で、二人が、若い女からもらった妙なラブレターが、関係ありそうなのだが、それも、不確かだった。

城山観光ホテルに泊まった神田ゆう子という女も、怪しいのだが、事件に関係しているという証拠はなかった。

伊東は、窓を閉めて、自分の椅子に腰を下ろした。

森口刑事が、眼をこすりながら、

「なんとか、神田ゆう子を、ここへ連れて来て、訊問できませんか？」

と、伊東に聞いた。

「連行は、無理だよ」

「任意に同行させるということでは、どうですか？」

「それは、断わられたよ」

と、伊東は笑った。

「ますます怪しいですよ」

と、森口がいう。

「そうだがね。二人の男を殺したのは、彼女じゃない。特に、田中刑事は大男だ。彼女に、田中刑事を刺し殺すなんてことは、まず不可能だよ」

「彼女が、ホテルに持ち込んだ荷物も、気になりますね」

「やたらに重いというやつか」

「まさか、爆発物なんかじゃないとは、思いますが」

「そのことで、これから一週間の城山観光ホテルの宿泊予定者を調べてもらったがね。狙われるような政治家や、外国人の名前は、ないんだ」

「だとすると、中身は何なんですかね」

「わからんが、これも、彼女の部屋へのこのこ入って行って調べるわけにはいかないからね。爆発物だというような証拠でもあれば、別だが」

「神田ゆう子は、ホテルに入ってから、二度、市内に電話をかけています。仲間がいるに違いありません」

「その仲間が、向井田と田中刑事を、殺したというわけかね？」

「違いますか」

「ラブレターは、どうなるのかね？」

伊東警部は、黒板に鋲でとめた二枚のラブレターに、眼をやった。

「そのことですが、前に警部は、神田ゆう子が、連れの男に、やきもちをやかせようとして、同じ列車に乗り合わせた二人の男に、いたずら心で、ラブレターを渡した。それに、カッとした連れの男が、二人を殺したのではないかと、考えてみたりしたんですよね」

森口は、頭をかいた。

「それで、きみは、今は、そう思わないのかね？」

「はあ、このストーリーは、やはり無理です。カッとして、嫉妬《しっと》にかられて、相手を殴るぐらいのことはするでしょうが、殺したりはしないだろうと思います。殺すにしても、いきなり刺すというのは、おかしいです。嫉妬にかられたのなら、まず、相手を詰問しますね。彼女との仲がどのくらいなのか、どこの誰なのか、知りたいはずですからね」

「すると、二人は、あのラブレターと関係なく殺されたことになるのか？」

「そうもいい切れないので、困っているんです」

と、森口は、正直にいった。

「田中刑事が、生きていてくれたらね」

伊東は、自然にぼやきが出た。

殺された向井田俊二と、田中刑事は、まったくの他人なのだろうか？　それとも、どこかで、前に会ったことがあるのか？

それだけでもわかればと、伊東は、思うのだ。

ほかにも、田中刑事に聞きたかったことはある。

いちばん聞きたいのは、神田ゆう子という女を、ほんとうは、前から知っていたのではないか、ということである。

捜査本部長の村上《むらかみ》署長が入って来た。雨に濡れた顔を、ハンカチで拭きながら、

「すごい雨だよ」

と、伊東にいった。

「外へ出られたんですか？」

驚いて、伊東が聞いた。

「この豪雨で、降灰がどうなるのか心配でね。傘をさして出てみたんだが、この風と雨じゃ、何の役にも立たん」

「それで、灰は、うまく流れてしまいそうですか？」

「車の屋根の灰なんかは、この雨で流れてしまいそうだがね。逆に、どろどろに溶けて、小さな穴にでも流れ込むと、手に負えなくなりそうだ」

「そうですか。うまくいきませんか」

「駅前のTホテルの方は、どうなっているのかね？」

署長は、煙草に火をつけてから、伊東に聞いた。

「池谷刑事から、さっき連絡がありましたが、小西に、動きはないということです。彼が、何かやらかすとしても、夜が明けてからだと思います」

と、伊東はいった。

「竹内ひろみという、小西の女も、まだ、Tホテルかね？」

「そのようです。二人とも、部屋から出て来ないといっていました」

「君は、小西が、何かやると思うかね？」

「わかりませんが、何もやらないのなら、なぜわざわざ駅前のホテルに泊まったのか、不思議です」

「常田公安官と、山本助役を狙うと考えて、警戒していた方がいいかな？」

「私は、そう思います」

「困ったものだ」

「は？」

「小西という男のことさ。おとなしく枕崎へ帰ってくれていれば、こんなに、いらいらせずにすむのにと思ってね」

と、署長は、苦笑して見せた。

西鹿児島駅のＣＴＣ制御室も、眠っていなかった。

雨の音は、閉め切った室内にも聞こえてくる。

「現在、踏切の故障箇所が、三ヵ所です。ほかの三ヵ所は、修理が終わりましたから」

### 3

係長の木田が、兄の駅長に報告した。

駅長は、横に長い表示盤に、眼をやっていたが、

「串木野のランプが、消えているね」

「さっき、駅の構内に、落雷があったと報告して来ました。そのためです」

「落雷か」

雷は、まだ、時々、鈍く鳴っていた。

木田駅長は、時計に眼をやった。午前四時を七分過ぎている。

十五分になって、串木野駅の表示ランプが点いた。これで、串木野の信号も、正常に作動するだろう。

「始発列車が出るまでに、ＣＴＣは、完全になるかね？」

木田駅長が、弟にきいた。

「串木野の信号が直ったから、今でも、ＣＴＣは正常ですよ。ただ、踏切の故障箇所が修理できないと、ＣＴＣの表示どおりに、列車は動かせませんよ」

「そうだな。あと踏切の故障は、三ヵ所だったね？」

「そうです」

「それは、いつ直るんだ？」

「必ず、始発列車が出るまでに修理をすませます。どうしても間に合わなければ、手動に切り替えればいいと思いますよ」

と、木田係長はいった。

木田駅長が外へ出ると、待っていた伊集院が、

「今、気がついたんですが、この雨の中に、降灰が混じっていません」

と、木田にいった。

木田は、雨の中に、片手を差し出して、激しい雨滴を受けていたが、

「そうだね。手が汚れないよ。台風の接近で、風向きが変わったんだ」

と、嬉しそうにいった。

今までに降り積もった灰は、どうしようもないが、雨の中に、降灰が混じっていないのは、嬉しかった。

降灰が混じると、黒い雨になるのだ。

しかし、その喜びも、そう長くは続かなかった。

激しい雨足は、いっこうに、弱まりを見せないからである。

コンクリートを叩く雨が、十五、六センチもはね返っている。細い溝《みぞ》は、たちまち水があふれてしまった。

溝だけでなく、道路自体も、川のようになってきた。

「危ないですね」

と、伊集院が、青い顔で、木田にささやいた。

伊集院が、何をいおうとしているのか、木田にも、すぐわかった。

鹿児島鉄道管理局内には、何ヵ所か、土砂崩れの注意箇所がある。

それに、単線区間では、土砂崩れは致命傷になる。

二人が、駅長室に戻ってからも、雨足は、衰える気配がない。木田は、窓を開けて、降り続く雨を見つめた。

その激しい雨音で、電話が鳴っているのも、気づかなかったくらいだった。伊集院に注意され、あわてて窓を閉めて、受話器を取った。

鉄道管理局長の島崎からだった。

「こちらに、すぐ来てくれないか」

と、いう。

木田は、伊集院を連れて、また駅長室を出た。

駅の裏手にある鹿児島鉄道管理局には、降灰対策本部が、設置されている。

島崎は、そこにいた。

部屋の隅には、毛布をかぶって、仮眠をとっている職員が、三人ほどいた。ほかの職員は、出払っていた。

「今、これを貼《は》ってもらったんだよ」

と、島崎は、木田に向かって、壁に貼った地図を見せた。

鹿児島鉄道管理局の線路地図だが、その地図には、何ヵ所か、赤で、×印がつけられていた。

それが、何を意味するか、木田は、ひと目見て、すぐわかった。

何年か前、大型台風が鹿児島を直撃した時、三十メートル近い強風と豪雨が、鉄道、道路を、ずたずたにした。

赤い×印は、その時の不通箇所を示している。土砂崩れの起こり易い地形の場所でもある。

「今度は、土砂崩れの心配だよ」

と、島崎局長は、疲れた声で、木田にいった。

「確かに、この調子で雨が降り続くと、危ないですね」

と、木田もいった。

「降灰が続いていたからね。それに、この雨が加わると、土石流みたいになるんじゃないかと、それを、心配しているんだがね」

と、島崎がいう。

木田は、降り積もった灰が、この豪雨で、多量の水気を含み、黒い泥流となって、斜面を流れる様を想像した。

それは、ただの雨水や、ただの灰よりも、強い力で、線路《レール》をひん曲げ、信号をこわすのではあるまいか。

進行して来る列車さえ、転覆させる力になるかもしれない。

「この危険箇所には、職員をやって、随時、連絡するようにいってあるんだがね。君の方も、手のあいている人間がいたら、応援を出してくれないか」

と、島崎はいった。

「わかりました」

とはいったが、木田には、自信がなかった。

夜が明けて、駅の機能が動き出せば、ほかの仕事に廻せる駅員は、一人もいなくなるのが、わかっていたからである。

二人は、駅長室に戻った。

木田は、ラジオをつけた。台風情報が、繰り返されている。

この豪雨を見ていると、今、台風が、鹿児島を通過中のように錯覚するのだが、気象台の発表によると、台風の端が、鹿児島に触れたに過ぎないらしい。

しかし、結局は、直撃を避けられないようだ。

〈鹿児島地方気象台は、今後の台風の進路について、注意を呼びかけています〉

というアナウンサーの言葉が、木田には、ひどく、白々しく聞こえてならなかった。

台風が来るから注意してくれといわれても、一ヵ所でも、土砂崩れが起きたら、列車は停まってしまうのだ。

「少し、明るくなって来ましたよ」

と、伊集院がいった。

雨足も、少しは衰えたらしい。

仮眠をとっていた駅員たちも、起き出して、駅の構内に散っていった。

降灰と、台風という二つの攻撃にさらされていても、夜が明ければ、西鹿児島駅は、平常どおり、駅としての機能を取り戻すのである。

午前五時一〇分の、指宿枕崎線の普通列車を皮切りに、五時三五分になれば、日豊本線のホームから、肥薩《ひさつ》線経由の山野行きの普通列車が発車する。

六時四五分には、今度は、鹿児島本線のホームから、博多行きのL特急「有明8号」が発車する。

いや、発車させなければならないのである。

## 4

十津川は、福岡市内のホテルで目を覚ましていた。

まだ午前六時になったばかりである。

亀井も、ベッドから起きて来て、並んで窓の外に、眼をやった。

黒い雲が、激しく動き、時々、叩きつけるように雨が降ってくる。

だが、次の瞬間には、朝の太陽が、顔をのぞかせたりもするのだ。

「台風が、接近しているようだねえ」

と、不安定な空を見上げて、十津川がいった。

「飛行機は、駄目でしょうね」

「列車が西鹿児島まで、ちゃんと動いてくれるといいんだが」

「大丈夫なんじゃないですか」

と、亀井は、軽くいった。東北生まれの亀井は、台風の怖さは知っていても、降灰がどんなものか、わかっていない。

顔を洗っているうちに、朝刊が届いた。

十津川が、先に、新聞を広げて見た。

田中刑事と、向井田俊二殺しのことが、大きく出ていたが、新しい事実は書かれていなかった。

事件のことより、鹿児島での降灰の被害の方が、さらに扱いが大きいのは、ここが、九州だからだろう。

昨夜、ルームサービスを頼んでおいたので、午前七時には、部屋の外に、ワゴンにのせた二人前の朝食が置かれてあった。

二人は、テレビで、七時のニュースを見ながら、朝食をとった。

スピードの遅かった台風が、急に動き出し、九州南部は、現在、激しい風雨に見舞われているという。

豪雨の鹿児島市内の映像が出たが、これは、五時頃に撮ったものらしく、アナウンサーは、七時現在では、雨も小やみになっていると、付け加えた。

列車の方は、現在、五、六分の遅れだけで運行しているが、空の便は、欠航が、相次いでいるという。

「なんとか、列車でなら、行けそうですね」

亀井が、ほっとした顔でいった。

十津川は、朝食がすむと、西警察署の伊東警部に、電話をかけた。

「これから列車で、そちらに向かいますが、捜査の方は、どうですか？」

と、十津川はきいた。

「これといった進展はありません。なんといっても、動機がわからずに、困っています」

伊東が、困惑した声でいった。

「例のラブレターのことは、動機にはなりませんか？」

十津川がきくと、伊東は、

「何か、引っかかりはするんですが、たった一行のラブレターですからね。まあ、いたずらとしか考えられないのです。そんないたずらで、二人もの人間を殺すとは考えられないんですよ。それで、本当の動機は、まだ隠されているんじゃないかと、思っているわけです」

と、いう。

「そうですね。車内で、たまたまラブレターをもらったぐらいで殺されたのでは、かないませんね」

「あるいは、あのラブレターは、本当の動機を隠すために、わざと、二人の被害者に渡されたのではないかとも、考えているんですよ」

「なるほど」

「嫉妬に狂った男が、やみくもに、相手を刺し殺したというストーリーを、われわれ警察に信じ込ませようとしてです」

「確かに、その可能性もありますね」

「賛成してくださって、安心しましたよ。警視庁の方と意見が違っては、これからの捜査が難しくなりますからね。お会いするのを楽しみにしています」

と、伊東はいった。

十津川は、ホテルを出て、駅へ向かう途中で、伊東警部の話を、亀井に伝えた。

「それで、全面的に賛成されたわけですか？」

と、歩きながら、亀井がきいた。

「いや。一つの見方として、納得しただけだよ」

と、十津川はいった。

「と、いいますと？」

「伊東警部の考えだと、田中刑事と、向井田俊二という男が、誰かに殺される理由を持っていたことになる。カメさんは、田中君が、誰かに殺されるほど、恨まれていたと思うかね？」

「いいえ。彼は大男ですが、捜査一課の中では、温和で通っていた人間です。私なんかから見ると、歯がゆくなるくらいにです。私が、誰かに恨まれるというのなら、大いにあり得ることですが、田中に限っては、あり得ませんね」

と、亀井はいった。

「私も、そう思うんだ。それに、『明星51号』の車内で殺された向井田俊二という男に、心当たりがないんだよ。殺され方から見て、同一犯人だと思うんだが、それなら、動機も同じでなければならない。カメさんは、心当たりがあるかね？」

「向井田俊二という名前には、私も、まったく心当たりがありませんね」

と、亀井もいった。

博多駅に着くと、台風のために、西鹿児島行きの列車が、五分から三十分の遅れを出しているという掲示が出ていた。

「とにかく、乗ってしまおう」

と、十津川はいった。

## 5

伊東警部は、窓を開けた。

「雨が、やんじまったぞ」

と、伊東は大声を出した。さっきまで風を交えて降り続いていた雨が、急にやんでしまったのだ。

その上、厚い雨雲が切れて、太陽が顔をのぞかせている。

「虹が出ていますよ」

と、横に並んだ森口が、指さした。

なるほど、きれいな虹が、前方にかかっている。

「台風が通過したにしては、時間が、早過ぎるね」

「台風の眼に入ったんじゃありませんか。今度の台風は、眼が大きいそうですから」

と、森口がいう。

「台風の眼ねえ」

と、伊東は呟いてから、

「事件の眼の方は、どうしている？」

「神田ゆう子なら、まだ、城山観光ホテルから動きません」

「事件に関係していれば、必ず動くはずだよ。監視を怠るなと、若山君にいっておいてくれ」

と、いった。

伊東の心配は、もう一つあった。小西のことである。

小西晋吉が、常田公安官と、山本助役に対して、依然として、恨みを持ち続けているとすれば、今日一日が、危険だと思っていた。

刑事二人を、西鹿児島駅へ張り込ませてあるが、小西が、どんな行動に出るか、予測がつかない。といって、出所した小西を、拘束するわけにもいかなかった。

八時になって、城山観光ホテルにいる若山刑事から、電話が入った。

「神田ゆう子は、今、朝食をすませたところです」

「それで、外出する様子かね？」

「ルームサービスで、部屋で食事をしたんですが、部屋から出てくる気配は、まだ、ありません」

「昨夜から今朝まで、誰も、訪ねて来なかったのかね？」

「訪問者は、ありません」

「しかし、彼女は、ツインの部屋をとっているんだよ」

「そうなんですが、誰も、来ていません」

「君は、ロビーにいたのか？」

「いえ、彼女の部屋と同じ階の廊下で見ていましたから、誰も、訪ねて来なかったことは、確かです」

「電話は？」

「市内から一度、かかって来ています」

「何時頃だ？」

「昨夜の十二時頃です」

「そんな遅くにか？」

「はい。交換手の話では、男の声でしたが、名前はいわず、神田ゆう子の部屋につないでくれと、いったそうです」

「市内のどこからか、わからないのかね？」

「わかりません」

と、若山はいう。

「とにかく、神田ゆう子には、男の連れがいることは、わかったわけだな」

「交換手の話では、男の声は、若くはなくて、中年の声に聞こえたそうです」

「彼女が、部屋に持ち込んだ荷物は、何なのか、わからんのか？」

「今、ルームサービスの係が、部屋に入ってくれています。少し、時間は早いんですが、私が頼んで、ポットを取り替えに行ってもらったんです。神田ゆう子の荷物が、何なのか見て来てくれると思います」

「わかり次第、すぐ知らせてくれ」

と、伊東はいって、いったん、受話器を置いた。

その神田ゆう子について、大阪府警に、捜査を依頼してあるのだが、宿泊カードの住所がでたらめだったという以外、回答の電話は、まだ、かかって来ない。

しばらくして、また、若山から電話が入った。

「今、ルームサービスが、戻ってきました」

と、若山がいった。

「神田ゆう子が、持ち込んだ荷物が何か、わかったのかね？」

「それが、機械だというんです」

「機械？」

「そうなんです。大きさは、十四インチのテレビぐらいで、小さなスクリーンに、いろいろな数字が出ていたと、いっていました」

「じゃあ、その機械は、動いていたというのかね？」

「コードが、部屋のコンセントに差し込んであって、動いていたといっています。今、ルームサービスの女性に、絵を描いてもらっているんですが、どうも、何かを記録する機械のように見えますね」

「記録する機械？」

「ええ、スクリーンに、さまざまな数字が出ていたそうですから」

「そんなものを、なぜ、神田ゆう子が持ち込んだんだ？」

「わかりません」

「危険な感じはないのか？」

「時限爆弾には、どう見ても、見えませんがね」

「ホテルに、ファックスはあるのか？」

「聞いてみます」

「あったら、その絵を、すぐ、こちらへ送ってくれ」

と、伊東はいった。

八分ほどして、西警察署のファックスに、問題の絵が送られて来た。

それを、伊東は、森口刑事と一緒に見た。

下手な絵だが、若山がいったことが、よくわかる絵でもあった。

確かに、何かを記録するための機械のように見える。

箱型のボディで、前面に、テレビ画面のようなスクリーンがあり、そこに、いろいろな数字が描いてある。

「ファミリー・コンピュータの類いじゃ、なさそうですね」

　と、森口がいった。

「ファミコンなら、ルームサービスの女性だって、知ってるだろう」

「すると、やはり、何かを記録する機械ということになりますか？」

「しかも、彼女は、今朝、この機械を使っているんだ。もちろん、ウォームアップのつもりかもしれないがね」

「これが原因で、二人の男が殺されたとも、思えませんが」

　と、森口は、首をかしげた。

「そうだな。若山君もいっていたが、これが、時限爆弾には見えないからね。といって、危険物と断定できなければ、強制的に押収して、調べるわけにもいかんしな」

　伊東は、困惑した顔でいった。

「専門家に、この絵を見てもらえば、何の機械か、わかるんじゃありませんか？」

「何の専門家に見せるんだ？」

「そうですねえ。それが、わかりませんね」

「まったく、厄介なものを持ち込んでくれたものだ」

　と、伊東は、舌打ちした。

## 6

西鹿児島駅には、ほっとした空気が流れていた。

鹿児島地方気象台の話では、台風の大きな眼に入ったのだという。つまり、束の間の静けさでしかないわけだが、それでも、青空が顔をのぞかせたことは、土砂崩れを心配していた木田駅長たちを、喜ばせた。

危険箇所で、昨夜から警戒にあたっていた職員たちのうち、その半数を駅に戻して、仮眠をとらせることができるからである。

列車の遅れは、まだ解消されないが、今のところ、どの線も動いている。駅に泊まっていた乗客たちも、すべて、目的地に向かって出発して行った。

木田は、気象台に問い合わせて、この無風状態は、少なくとも一時間は続くという回答を得て、昨日から、徹夜で働いている駅員たちを休ませ、自分も、駅長室で眠った。

しかし、眠りについたと思ったとたんに、また、起こされてしまった。

それでも、腕時計を見ると、三十分は眠ったことになる。

「どうしたんだ？」

と、木田は、自分を起こした伊集院を見た。

「お起こしするのは、やめようかと思ったんですが」

「かまわんさ。それより、君も、少しは眠ったらどうなんだ？」

「私は、身体が丈夫にできていますから、二日や三日は、徹夜しても、平気です」

「それで、何が起きたんだ？　雨の音は聞こえないがね」

「まだ、台風の眼の中です。どうやら、台風のスピードが落ちたので、この無風状態は、長く続くそうです」

「それなら、いいじゃないか」

「しかし、また、降灰が始まりました」

と、伊集院がいった。

「降灰が？」

木田は、あわてて窓を開けた。

仮眠をとる前は、雨がやみ、陽が出ていた。夏の明るい陽差しと、降灰のない、久しぶりの明るさだったのだ。

だが、窓を開けた木田の眼に映ったのは、あの、嫌な降灰の現実だった。

太陽は、隠れてしまっていた。台風で、吹き飛ばされたかに見えた桜島の噴煙が、また、鹿児島市の頭上に、舞い戻って来たのだ。

あの、汗でべとべとになる、むし暑さまで、ぶり返している。

木田は、茫然として、眼の前に降ってくる黒い灰を見つめた。また、降灰の心配をしなければならないのか。

「今、何時だね？」

と、木田は、窓の外を見たまま、伊集院にきいた。

「九時になったところです」

「まもなく、帰省客を乗せた列車が、到着するね」

「忙しくなります」

「そうだな。忙しくなるね」

木田は、いろいろな意味をこめて、そういった。

## 7

西鹿児島駅前から、市内観光のバスが、出発しようとしていた。

毎日、午前九時と、午後一時四十五分の二度、西鹿児島駅を出発し、熱帯植物園、ザビエル記念堂、西郷隆盛の銅像、城山、異人館、鶴丸《つるまる》城跡、天文館などを廻って、駅に戻ってくるコースである。

所要時間は二時間五十分。大人千八百円、小人九百八十円。

定期観光バスとしては、このほかに、桜島観光がある。

バスガイドの小島《こじま》みどりは、全員が乗ったのを確かめてから、運転手の加藤《かとう》に向かって、発車オーライの合図を送った。

全員といっても、乗客は、わずか、十二人だった。

市内観光バスにとって、昨日、今日の土、日は、稼ぎ時だった。

例年なら、臨時のバスが、二台、三台と出るところなのに、今年は、降灰のせいで、乗客が、極端に減ってしまっている。

今日も、台風が一休みして、太陽が顔を出してくれたので、満席になるのではないかと期待したのだが、また、降灰が始まってしまった。

おかげで、お客はたった十二人である。

みどりの説明も、あまり、力が入らなくなってくる。折角、沿道の景色を説明しても、降灰が激しくなってくると、肝心のその景色が、見えなくなってしまうからである。

最初のうち、お客は、観光地点に着くたびに、バスから降りて、みどりと一緒に見て歩いていたのだが、そのうちに、だんだん車から降りなくなってしまった。

灰を、頭からかぶるのが嫌だし、外は、ただ暑いだけだからだろう。

(無理もない)

と、みどりも思う。

頭から、灰をかぶるのは、みどりだって嫌だし、ハンカチで、鼻を覆っての見物では、うっとうしいからである。

そんな中で、みどりが、妙な客だなと思ったのは、五十歳ぐらいの男だった。

別に、服装が奇妙だったわけではない。

むしろ、この暑い中で、きちんと、麻の背広を着て、ネクタイをしめていた。白っぽい背広なので、灰がつくと、すぐ汚れて見える。

みどりが、奇妙だと思ったのは、その男の態度だった。

ほかの客は、降灰に、一様に顔をしかめていた。ぶつぶつ、文句をいう客もいる。むし暑いうえに、黒い灰が落ちてくるのだから、不快に思うのが当然なのだ。

それなのに、この麻の背広の男だけは、まったく、意に介していないように見えるのである。それどころか、嬉しそうでさえあった。

バスが、観光地点で停まると、彼は、真っ先に降りるのだ。

白い背広が汚れても、平気に見えた。

（そんなに、市内観光を喜んでくれているのか）

と、思い、みどりは、感動したのだが、しばらく廻っているうちに、ちょっと違うなと、思い始めた。

男は、一応、観光地点での彼女の説明を聞いているのだが、途中で、必ず、いなくなってしまうからだった。

そのくせ、バスには、ちゃんと戻っている。

ほかの客がいるので、その男が、どこへ姿を消すのか確かめるわけにもいかなかったが、どこでも同じだった。

（いったい、何をしているんだろう？）

と、みどりは、首をかしげていたが、城山を見たあとで、やっとわかった。

城山でも、彼は、やはり途中で姿を消している。

そして、みどりが、ほかの客と一緒にバスに戻ってみると、彼は、ちゃんと、座席に腰を下ろしているのだ。

次の観光地点に向かって、バスが動き出してから、みどりは、気になって、時々、その男を盗み見た。

十二人と少ないので、乗客は、勝手に腰を下ろしている。彼は、いつも、いちばん後ろの席に座っていた。

みどりが、ちらりと見たとき、彼は、小さな白い紙の袋をポケットから取り出して、中身を、自身の掌にあけていた。

(何だろう?)

と思い、みどりは、途中の説明を忘れて、その男を注視した。

彼が、掌にあけたのは、黒い粉のようなものである。

男は、しばらく、それを見ていたが、また紙袋に戻して、ポケットにおさめた。

(灰だわ)

と、思った。

あれは、明らかに桜島の灰だった。

なんのことはない。バスが、停まるたびに、男は、その場所の灰を、紙袋に集めていたらしい。

(降灰のことを、研究している人かしら?)

と、みどりは考えた。

そういえば、顔立ちも、どこかの大学の先生という感じである。

鹿児島大学の先生かもしれないと、思ったが、なぜ、観光バスに乗っているのかが、不思議だった。

普通は、大学か、研究所の車で、集めて廻るのではないのだろうか？

「みどりちゃん」

と、運転手の加藤が、硬い声で呼んだ。

みどりは、あわててマイクを手に取った。すっかり、景色の説明を忘れてしまっていたのである。

8

西警察署の伊東警部のもとに、やっと、大阪府警から、神田ゆう子に関する報告が届いた。

まずそれは、ファックスで、届けられた。

〈お問い合わせの神田ゆう子について、左記のとおり報告します。

神田ゆう子（二十六歳）は、大阪市阿倍野区××町のマンション「コーポ富士」の五〇七号室に、一年前から住んでいます。現在の仕事は、N電気の、新製品の開発部で、研究員の一人として働いています。前科はなく、会社での評判も、近所の評判も、非常に良好です。

同女は、大阪のK大学理工学部を卒業したあと、民間の公害研究機関に、二年間勤めており、そのあと、現在のN電気に入っています。

ボーイフレンドは、何人かいますが、特定の恋人はいないと思われます。母親と兄が健在で、母親は、堺市に住む兄夫婦と同居しています。

母親と、兄夫婦に、電話で問い合わせてみましたが、ゆう子が、鹿児島へ行ったことは知らなかったと、答えました。従って、ゆう子は、家族には相談なく、今度、鹿児島へ行ったものと思われます。なお、家族や、友人、上司に聞いたところでは、彼女は、頭も良く、健全な性格で、列車内で、初対面の男にラブレターを渡すようなことは、絶対に考えられないそうです。同女は、現在勤めているN電気には、三日間の休暇願いを出しています。つまり、十四日（水）までの休暇願いです。理由は、旅行のためと、書かれています〉

伊東は、この報告を読んでから、大阪府警の三浦《みうら》警部に電話をかけた。

まず、お礼をいってから、

「ボーイフレンドは、何人かいるが、特定の男性はいないと、ありましたが」

と、いった。

「そうですね。周囲の人たちには、今の仕事が面白いので、当分、結婚はしないといっているようです」

と、三浦警部はいう。

「彼女が、中年の男と親しくしていたということは、ありませんか？」

「中年というと、いくつぐらいの男ですか？」

「それが、わからないんですが、三十歳から四十歳ぐらいじゃないかと、思います」

「同じN電気に、ボーイフレンドがいるんですが、中には、三十五歳という社員もいます。しかし、彼は、今、自宅にいますよ」

「大阪の？」

「そうです」

「それ、間違いありませんか？」

「ええ。念のために、何人かいるボーイフレンドについて、調べてみたんですが、全員、所在がわかっています。今の三十五歳は、自宅で、あとの三人は、二日間の休みを利用して、南紀の白浜へ行ったり、淡路島《あわじしま》へ行っていますね」

「鹿児島へ来ている者は、いませんか？」

「いませんね。それに、全員、明日の月曜日には、出社することになっています」

「神田ゆう子と、鹿児島とのつながりは、どうですか？」

「われわれが調べた限りでは、まったくありませんね」

と、三浦はいった。

「N電気の開発部にいるとすると、そこには、いろいろな機械があるはずですね。何かを、記録する器具といったものですが」

「あると、思いますよ」

「その一つを、彼女が、持ち出したという事実はありませんかね。十四インチのテレビぐらいの大きさのものなんですが。今日は、日曜日ですが、なんとか調べてもらえませんか」

「日曜日ですが、開発部には、何人か出ているということですから、すぐ電話してみましょう」

と、三浦はいってくれた。

これは、すぐ返事がきた。電話をくれた三浦は、

「今、N電気の開発部に電話してみました。機械、器具の類いは、何一つ、なくなっていないし、許可なく持ち出すことは、不可能だということでした」

と、いった。

「そうですか」

伊東は、元気のない声を出した。どうも、彼の期待する答えは、一つもないようだった。

電話が切れると、伊東は、森口刑事に向かって、

「わけが、わからん」

と、大きな声でいった。

「神田ゆう子の男が誰か、わからないんですか？」

「ボーイフレンドは、何人かいるらしいが、全員、アリバイがあって、一人も、鹿児島には来ていないようだよ」

「すると、彼女が、何しに鹿児島へ来たのか、わからずですか？」

「そうなんだ。それに、簡単に、ラブレターを男に渡すような女でもないそうだよ。

鹿児島とも、殺人事件とも、なんの関係もない女なんだ」

「しかし、彼女は、現に、鹿児島に来ていますし、車内で、ラブレターを、二人の男に渡しています。それに、なにより、その男たちが殺されているんです」

「いったい、どうなってるのかねえ」

「直接本人に、きいてみますか？」

「彼女は、まだ、城山観光ホテルから動かないのか？」

「動きません」

「本人に会って、きいても、何も喋らんだろうね」

と、伊東はいった。

電話が鳴った。伊東が、すばやく受話器を取った。

今度は、駅前のTホテルで、小西晋吉と竹内ひろみの監視にあたっていた池谷刑事からだった。

「今、小西とひろみが、ホテルを出るところです」

と、いった。

# 第六章　八月十一日（日）昼

## 1

台風が、動きを止めてしまったのか、無風状態が続いている。

台風の眼に入った鹿児島市は、気温が、三十度を超し、その上、風がやんでしまったので、むし風呂の中に入ったような暑さになった。

さらに、かすかに風が出て来たかと思うと、それが西向きの風で、再び桜島の灰が、街に、降り注ぎ始めたのである。

それでも、西鹿児島駅に到着する遠距離列車からは、次々に、帰省客が降りて来る。その大半は、指宿枕崎線に乗り換えて、それぞれの郷里へ帰って行くのである。

その枕崎では、昨日から、港まつりが、帰省した人々を加えて、勇ましく始められていた。

ここまでは、桜島の降灰も及ばなくて、台風の眼に入った今は、絶好の祭り日和《びより》を迎えていた。

観光客の中には、桜島を見に来たのだが、西鹿児島駅の案内所で、枕崎が、降灰がないと聞いて、急遽《きゆうきよ》、指宿枕崎線に乗る人も出ている。

駅長の木田は、疲れ切って、眠っていた。若いつもりでいても、もう年齢《とし》なのだ。それを思い知らされるのが、こんな時である。

国鉄に入りたての若い頃は、三日間ぐらいの徹夜続きは、平気だったのだが、今は、気持ちが動いても、身体がそれについていかない。

何か、身近で、がたがたしているようなのだが、それが、耳には聞こえていても、眼を開くのが、億劫《おつくう》だった。

のろのろと、やっと眼を開けると、山本助役の姿が、見えた。

やたらに眠い。木田は、開かない眼を、無理に開けて、

「何だい？」

と、声をかけた。

「昼なので、食事を持って来ました。二階のレストランの定食ですが」

と、山本助役がいう。

「伊集院君は？」

「向こうで、眠っています。大丈夫ですか？」

「私かい？」

「すごいいびきを、かいていらっしゃいましたから」

山本は、心配そうにいった。

「そうか。疲れると、いびきが大きくなるらしい。家内にも、よく小言をいわれているんだ」

「もう少し、お休みになった方が、いいと思いますが」

「君は、どうなんだ？」

「はい、私は、大丈夫です。適当に寝ていますから」

「君は、本当に、今年中に辞めてしまうのかね？　こんな時にきくのは、何だが」

「国鉄が消える時、私も、静かに消えて行きたいと思っています」

と、山本はいった。

山本の気持ちも、わかる気がする。民営になった時、今までの国鉄は、当然ながら国鉄ではなくなってしまう。それだけでなく、国鉄気質《かたぎ》も消えてしまうだろう。

「ほかの駅員たちは、どうしている？」

「交代で、休んでいます。嬉しいことに、この降灰と台風で、組合問題も棚上げで、全員が働いてくれています」

「列車は、正常に動いているのかね？」

「今のところは、遅れは、十分以内に、おさまっていますが、今後のことは、わからないようです」

「ありがとう。もういいよ」

と、木田はいい、山本の持って来てくれた昼食に、向かった。

食べなれた、二階のレストランの定食である。

木田は、この西鹿児島駅に着任してから、ほとんど毎日、同じ定食を、二階のレストランから取り寄せて食べている。定価は、少しずつ変わっていったが、中身は、ずっと同じである。

(よく、あきないものだ)

と、自分で感心しながら、木田は箸をとった。

食べる順番も、ずっと変わっていない。

まず、味噌汁を一口飲んでから、串かつにいく。串かつが、とんかつになっている日もあるが、食べる順番は変わらないのだ。そんなところも、頑固なのだ。

（そこが、若者に嫌われるところかな）

と、思ったりしていた時、突然、コンコースの方が、騒がしくなった。

男の怒号のようなものが、聞こえた。

木田は、箸を放り出し、駅長室を飛び出した。

このむし暑さと降灰で、人々の気持ちが、いらだっている。

折角、夏休みを利用してやって来た観光客も、落ち着いて、市内観光ができないと、ぼやいているのだ。

そんなことが原因で、駅の構内で、喧嘩でも始まったのかと、木田は思ったのだ。

もし、駅員との間のトラブルだったら、すぐ、制止しなければならない。

コンコースに飛び出した木田が、最初に見たのは、床に倒れている山本助役の姿だった。

呻き声をあげている。

血が、流れていた。

「山本君！」

と、木田は、大声で呼び、彼の身体を抱き起こした。

るのだ。

山本は、両手で、腹のあたりを押さえている。その手の間から、血が流れ出してい

何人もの客が、怯えた顔で、遠巻きに見つめている。

「救急車は、呼んだのか！」

と、木田は、近くにいた若い駅員に向かって、怒鳴った。

「××君が、一一九番しました」

と、その駅員がいう。

「コニシが――」

と、山本助役が、かすれた声でいった。

「小西が、刺したのか？」

「――」

山本が、黙って肯く。

「刺した奴は？」

木田は、もう一度、若い駅員を見た。

「警察の人と公安官とで、追いかけて行きました」

と、駅員がいう。

救急車のサイレンの音が聞こえた。

二人の救急隊員が、救急車から降りて、駈け込んでくる。

「腹を刺されたんだ。そっと乗せてくれ」

と、木田は、救急隊員に頼んだ。

木田は、山本が、担架に乗せられて、救急車に運び込まれるのを見ていたが、さっきの若い駅員を呼んで、

「君が、一緒に乗って行ってくれないか。私は、駅にいなければならないんでね」

「僕がですか？」

「そうだ。あとで、彼の容態を、私に電話で知らせてくれ」

と、木田はいった。

心配していたことが、現実化してしまった感じだった。

山本は、学生時代、サッカーをやっていて、今の年齢《とし》になっても、敏捷さを自慢していたのだが、腹を刺されてしまったのは、やはり、徹夜の勤務で、疲れていたのだろう。

2

十津川と亀井の乗ったL特急「有明3号」は、九分遅れ、一二時五九分に、西鹿児島駅に着いた。

博多を発《た》ったのが、定刻より二十九分遅れた、朝の八時三五分であるから、二十分、遅れを取り戻したことになる。

時折り、雨が降ったが、やめば、真夏の太陽が照りつけていたのに、終着の西鹿児島駅に近づいたとたんに、空は、暗く曇り、音もなく、窓の外に灰が降り始めた。

車内は、帰省客や観光客で、混んでいたが、みんなが、窓から外を見た。

十津川と亀井も、同じだった。

(これが、桜島の降灰か)

という思いである。

西鹿児島駅に着き、ホームに降りると、ホームも、黒く汚れていた。

乗ってきた列車を振り返ると、屋根も窓も、灰で、汚れているのがわかった。

地下道を通り、改札口を抜けて、コンコースに出ると、迎えに来てくれているはずの西警察署の刑事の姿が、見当たらなかった。

コンコースでは、駅員が、床の一部を水で洗っている。

最初は、灰を洗い流しているのだろうと思ったが、亀井が、小声で、

「血ですよ」

と、十津川に囁《ささや》いた。

小柄な男が、息をはずませながら、駈け寄って来て、

「十津川警部ですか？」

と、声をかけた。十津川が肯くと、

「西警察署の伊東です」

と、あいさつしてから、

「ついさっき、ここで、事件が起きたものですから、それに追われていて、申し訳ありませんでした」

「それは、田中刑事の事件に、関係があることですか？」

「いや、それとは関係のない事件です。八年前に殺人を犯した小西という男が、刑務所を出て来たんですが、お礼参りみたいに、ここの助役を刺したんです」

「それで、コンコースに、血が」

「そうなんです」

「亡くなったんですか？　刺された人は」

「いや、重傷で、今、手術を受けているはずです」

「犯人は、逮捕されましたか？」

十津川が、きくと、伊東は、無念そうに、

「まだ、捕まっていません。犯人の名前も顔もわかっていますから、すぐ、逮捕できると思っています」

と、いってから、二人を、駅の外に待たせてあるパトカーに、案内した。

そのパトカーの屋根にも、灰が降り積もっていた。

十津川は、亀井と一緒に乗り込んでから、伊東に、

「田中の件は、どうなっていますか？　犯人は、見つかりそうですか？」

と、きいてみた。

伊東は、パトカーが走り出してから、

「それが、電話でお話しした、神田ゆう子なんですが――」

「例のラブレターの女ですね」

「彼女自身は、否定していますが、私は、彼女が書いて、田中刑事と向井田という男

に、渡したものと、思っています」

「しかし、女の犯行とは考えられないということでしたが」

「そうなんです。彼女が、直接の犯人とは思っていません。ただ、今度の事件のカギを握る人間だと、思っているのです」

「まだ、城山観光ホテルにいるんですか？」

「彼女が動いてくれればと、思っているんですが、依然として、ホテルに入ったままです」

「あとで、私たちも、彼女に会ってみたいと思いますが、かまいませんか？」

と、十津川はきいた。

「それは、かまいません。今のところ、彼女が、容疑者というわけじゃありませんから」

と、伊東はいった。

西警察署に着き、村上という署長と、田中刑事の妻にあいさつしてから、十津川は、亀井と、城山観光ホテルに行くことにした。

若い刑事が、二人を、車で、ホテルまで送ってくれた。

フロントで、神田ゆう子に連絡してくれるように、頼んだ。ひょっとすると、拒否されるのではないかと思ったが、意外にも、彼女は、ロビーに降りて来てくれた。

美人だが、それより、理知的な感じを、十津川は受けた。

たぶん、聡明な女性だろう。それだけ逆に、列車の中で、ほかの乗客に、ラブレターを渡すような女には、見えなかった。

「神田ゆう子です」

と、十津川の顔を、まっすぐ見つめて、自己紹介した。

「東京の警視庁から来た十津川です。こちらは、亀井刑事」

と、いうと、ゆう子は、首をかしげて、

「東京の刑事さんが、なぜ、私に？」

「殺された田中刑事が、警視庁の人間でしてね」

と、十津川はいった。

「ああ、そうでしたの。でも、私とは関係ありませんわ」

ゆう子は、そっけなくいった。

「そうでしょうか？」

「ええ。そうですわ」

「この鹿児島には、何の用で、いらっしゃったんですか？」

と、亀井がきいた。

「観光ですわ」

「しかし、ホテルに籠《こも》って、お出かけになりませんね」

「この降灰では、仕方がありませんわ」

と、ゆう子は笑った。

「何か、機械を持参されたそうですが、何をする機械ですか？」

十津川が、きいた。

「そんなことまで、お答えしなければなりませんの？」

「いや、ただ、おききしただけです」

「危険物じゃありませんわ。だから、県警の刑事さんにも、安心するようにおっしゃってください」

「何かを測定する機械じゃないかと、いわれていますが」

「さあ、どうでしょうか」

と、ゆう子は、はぐらかすように笑ってから、

「疲れていますので、この辺で、部屋に戻りたいんですけど」

と、いった。

「もう一つだけ教えてください。ここで、誰かを、お待ちになっているんですか?」

十津川が、きいた。

「いいえ」

とだけ、ゆう子はいった。

ゆう子は、そのまま、エレベーターで、部屋に戻ってしまった。

二人だけになると、十津川は、売店とロビーの横にある喫茶室へ入り、コーヒーを注文した。

「彼女は、嘘をついているね」

と、十津川はいった。

「どのところですか?」

「彼女は、ここで、誰かを待っているんだ。違うといったが、それは嘘だね」

「なぜ、そう思われるんですか?」

「ここから、動かないからだよ。降灰で、観光ができないというのは嘘だと思う。指宿や枕崎に行くはずだ。本当に、観光に来ているのならね」

「彼女は、何しに来ているんでしょうか?」

「さあね。それがわかれば、田中君が殺された理由も、わかってくると思うんだが」

「警部」

と、亀井が、急に声を落とした。

「何だい？」

と、つられて、十津川も、つい小さい声になった。

「隅のテーブルで、われわれを見ている男がいます」

「サングラスの男か？」

「そうです。あの男は、われわれが、神田ゆう子と話している時も、見ていました」

「そうか。ちょっと電話してくる」

と、十津川はいい、立ち上がると、ロビーの隅に並んでいる公衆電話のところへ、歩いて行った。

そこで、西警察署の伊東警部に、電話をかけた。

「今、城山観光ホテルなんですが、そちらの刑事が、神田ゆう子の見張りについていますか？」

「刑事を一人、やっています」

「その刑事の顔立ちを、教えてくれませんかね」

と、十津川はいった。

伊東が、簡単に説明してから、

「何か、彼が、十津川さんに、失礼なことでもしましたか？」

「いや、違います。サングラスをかけた男が、私たちを見張っていましてね。あるいは、そちらの刑事ではないかと思ったんです。違っていたようです」

「すると、われわれ以外にも、神田ゆう子を、見張っている人間がいるということですか？　それとも、十津川さんたちを監視しているんですかね？」

と、伊東がきいた。

「いや、私たちの見張りじゃないでしょう。博多から、西鹿児島まで、L特急『有明3号』で来たんですが、車内では、そんな視線には出会いませんでした。明らかに、神田ゆう子の見張りです」

と、十津川はいった。

「何者ですかね？」

「わかりませんが、調べてみますよ」

十津川は、電話を切ると亀井のところに戻って行ったが、彼に、目くばせをしておいてから、いきなり、サングラスの男の腕をつかんだ。

「ちょっと、こっちへ来てくれませんか」

と、十津川は、男を、ロビーの隅に引っ張って行った。

男は、真っ赤になって、

「何をする！　警察を呼ぶぞ！」

と、怒鳴った。

十津川は、相手の腕を離してから、警察手帳を、男に見せた。

「私が、警察の人間です」

「警察の人間が、なぜ、こんな乱暴なことをするんだ？」

「なぜ、神田ゆう子を監視しているのか、お聞きしたかったからですよ」

「そんな女は知らん」

「さっき、われわれと話をしていた女性ですがね」

「知らんといってるじゃないか」

「しかし、あなたは、じっと、彼女を見ていたし、そのあと、われわれも見つめていた。その理由を聞かせてもらえませんか？」

「見てないよ。錯覚だよ」

「ここに、お泊まりですか？」

と、亀井がきいた。

「いや、泊まってはいない」

「では、誰かと、待ち合わせですか？」

「ここのコーヒーが美味いから、飲みに来ているだけだよ。僕は、コーヒーに、うるさい方なんでね」

「私は、十津川といいます」

「それが、どうかしたのかね？」

「あなたのお名前も、教えていただきたいんですがね」

と、十津川はいった。

「そんな質問に、答える必要はないな」

「われわれは、殺人事件を捜査しているんです。協力していただかないと、困りますね」

「脅すのか？」

「協力していただきたいんですよ」

「協力は、できんね」

「それでは、申し訳ありませんが、西警察署まで、一緒に来ていただけますか」

と、十津川はいった。

男の顔が、ゆがんだ。じっと、十津川を、睨んでいたが、

「僕が、誰か知っているのかね？」

「いや、知りませんよ。名刺でもいただけるんですか？」

「では、君に、あいさつだけはしておくことにしよう」

と、男はいい、名刺を取り出した。

厚味のある名刺だった。

〈白木法律事務所　　白木《しらき》　豊《ゆたか》〉

「弁護士さんですか？」

十津川は、意外な気がして、確かめるように、きいた。

男は、胸をそらせるようにして、

「これでも、僕は、警察にも、顔がきくんだよ」

「そうですか。それは知りませんでした」

「ここの警察なら、たいていの刑事が、僕のことを知っているよ。君たちは、どこの刑事なのかね？」

「東京の警視庁捜査一課の者です」

と、十津川がいうと、白木は、眉をひそめて、

「東京の刑事が、なんで、鹿児島まで来て、威張っているのかね。ここで起きた事件の所管は、ここの警察じゃないのかね？」

「そうですが、西鹿児島駅で殺されたのは、私の部下でしてね」

「ふーん」

と、白木は、鼻を鳴らしてから、

「とにかく、僕には、やましいところは何もない。これ以上、あんたが、何かいうのなら、職権乱用で告訴する。それを覚悟したまえ」

と、いった。

3

白木は、さっさと、エレベーターの方へ、歩いて行ってしまった。

十津川は、黙って見送ってから、亀井に、白木の名刺を見せた。

「弁護士らしくない男ですね」

と、亀井がいった。

「弁護士が、何のために、神田ゆう子を見張っていたのかな」

「気の強そうな男でしたが」

「伊東警部に、聞いてみよう」

と、十津川はいい、亀井と、タクシーで、西警察署へ戻ることにした。

「まだ、灰が降っていますね」

亀井が、車の窓から、空を見上げていった。

「いいかげんに、やんでほしいですよ」

運転手が、うんざりした声で、口をはさんだ。

「これは、いつになったら、やむのかね？」

と、十津川はきいた。

「桜島は、年中、噴火してますがね。風向きが変われば、鹿児島には、降灰はしなくなるんです。まあ、秋になれば、風向きが変わると思っているんですがねえ」

「秋になればか――」

「暑いうちは、やまないかもしれませんね」

と、運転手はいった。

大通りへ出ると、市電が、灰を浴びながら走っているのだが、車輪のところで、ぱちぱちと、火花を出している。

「火花が出てますよ」

と、亀井は、びっくりした顔で、十津川にいった。

たぶん、レールに積もった灰が、電流をショートさせるのだろうと思ったが、十津川にも、よくわからない。ただ、火花を出しながら走っている市電の姿は、不気味だった。

西警察署に戻った十津川は、伊東に、白木豊にもらった名刺を見せた。

「その弁護士が、あのホテルで、神田ゆう子を、監視していたんですよ」

「そうですか。白木弁護士がですか」

伊東は、眉をひそめた。

「彼は、警察関係に、顔がきくと自慢していましたが、本当ですか?」

十津川がきくと、伊東は笑った。

「白木弁護士は、時々、ここにもやって来ますがね。別に、顔がきくとかなんとかいうわけじゃなくて、顔を売っておくといった気持ちで来るんですよ。大声で、世間話をして、帰って行くだけですよ。それを、自分の客には、警察に顔がきくようにいって、宣伝に使っているわけです。この前も、県警本部長がここに来ている時に、白木弁護士も来ましてね。一緒に、写真を撮りたいというので、本部長も、人がいいから、一緒にカメラにおさまったんですよ。そうしたら、その写真を、宣伝に使われて、困っていましたよ」

「どこかの顧問弁護士も、やっているわけですか？」

「そうですね、このあいだ、どこかの会社のことで、顧問弁護士として、新聞に出ていましたよ。あれは、どこの会社だったかな」

「どんな種類の会社ですか？」

「東京から、ここへ進出してきた会社です。あれは、何という会社だったかね？　例の白木弁護士が、顧問弁護士をやっている会社なんだが」

と、伊東は、森口刑事に声をかけた。

「東西《とうざい》工業でしょう。新聞で見ました」

と、森口がいう。

「ああ、そうだった。東西工業という会社ですよ」

と、伊東は、十津川にいった。

「新聞に出たというと、何か、事件でもあったんですか？」

十津川は、きいた。

「三年前でしたかね。今年みたいに、夏に、降灰の激しい年で、東西工業の人間が、二人死亡したんです」

「理由は？」

「くわしいことは、当時の新聞に出ています。私が、あやふやな説明をするより、それを、お読みになった方が、よくわかると思いますね」

と、伊東はいい、三年前の新聞の縮刷版を持って来た。

十津川と、亀井は、部屋の隅に腰を下ろして、それに眼を通した。

この事件は、新聞が、一週間にわたって報道していた。桜島の降灰が、大きく関係しているからだった。

十津川は、一週間にわたる報道を読んでいった。

事件は、次のようなものだった。


鹿児島市の錦江湾《きんこう》に面した辺りに、太陽工業という会社があった。

廃車を解体し、処理する会社である。

車の時代を反映して、鹿児島でも、一年に、廃車、解体される車の数は、莫大である。

解体作業が追いつかず、空地に、何台も放置されていることが多い。

太陽工業では、廃車を、強力な力で押し潰し、鉄塊にして処理する機械を、アメリカから三台輸入し、従業員二十五人で操業していた。

だが、経営がうまくいかず、倒産したのだが、それを、東京の会社が買い取り、東西工業と名前を変えて、事業を再開した。

機械も増え、従業員も、百二十人にふくれあがった。

鹿児島県としても、産業振興ということもあって、助成金を出すと同時に、工場を広げる際には、土地の提供までしている。

東西工業は、これといった大きな産業のない鹿児島にとって、一つの希望だという見方もされていた。

だが、一方で、東京から乗り込んで来た、社長の藤田《ふじた》一衛《かずえ》や、弟で、副社長の藤田仁《ひとし》などの経営が、あまりに大時代的だという批判も出ていた。

まず、労働条件の悪さが指摘された。

車体は、プレス機械で圧縮され、鉄の塊にされてしまうのだが、それだけの簡単な作業ではなかった。

運び込まれた車は、タイヤ、エンジン、エアコン、ラジオなどの部分に、細かく解体される。

まだ使えるタイヤは、中古タイヤとして売れる。

車体がこわれても、エンジン部分は、新品同様という車もある。これは、エンジンが売れるのだ。もちろんエアコンやラジオも同じである。

こうした解体作業は、機械ではできないので、人の力に頼らざるを得ないのだが、大変な作業なのに、給料は安く、健康面の留意も、まったく、なおざりにされていた。

大きな格納庫のような工場の中には、絶えず、粉塵《ふんじん》が舞い上がっていた。

夏はクーラーがなく、冬は、解体された古タイヤを燃やして、ヒーター代わりにした。タイヤが燃える時の煤煙も、工場内に立ちこめるのである。

三年前、今年と同じように、桜島の降灰が激しかった年に、東西工業で、作業員二人が、相次いで死亡した。

二人とも、五十代の男で、死因は、肺炎とされた。

しかし、遺族は、死因に不審を抱いて、遺体を解剖した。

その結果、二人とも、肺に、粉塵と思われる黒いものが、びっしりとこびりついているのがわかった。そこで、遺族は、東西工業の劣悪な労働条件が死因だとして、告訴したのである。

冬には、一日中、ゴムタイヤを燃やすので、その煤煙。また、車の解体を、簡単な防具をもつけずにやっているため、舞い上がる埃《ほこり》。部品を高く売るために、マスクもつけずに、研磨しているので、細かい鉄粉などを吸い込んでしまう。肺に付着したものは、それらであるから、死亡の責任は、あげて、会社側にあるとしたのである。

それに対して、会社側は、肺の黒さは、桜島の降灰によるものだと反論したのである。すなわち、その年の異常な降灰量を、原因としたのだ。

死んだ二人は、マスクもつけず、無防備で、降灰の中を歩き廻ったために、肺が、黒く汚れたのであり、そこへ、肺炎を併発したため死亡したというのが、会社側のい い分で、顧問弁護士の白木が弁護に立った。この時、会社側が選任した弁護士は、白木を含めて五人である。

この裁判は、一年続いたが、会社側が勝った。

鹿児島の県や市でも、桜島の降灰が住民の健康にもたらす被害については、敏感になっていて、仙台を始めとする東北の研究機関にも、連絡をとっていた。

なぜ、東北かというと、東北の豪雪地帯では、車がスパイクタイヤを使用するため、スパイクが道路を削《けず》り、それが粉塵となって、舞い上がっているからである。スパイクタイヤによる粉塵は、沿道の住民の肺に入り、肺の内部に付着するというデータが出ているといわれている。

桜島の降灰が、はたして、この粉塵と同じ影響を及ぼすかどうか、今のところ不明である。

ただ、今のところ降灰による人体への影響は、少ないといわれているが、この方面の研究は始まったばかりで、データは不足している。

東西工業は、それを狙って、降灰によっても、それを多く吸い込めば、死に至ると極論したのである。今の段階では、降灰が人体に影響するとも、しないともいえないので、県も市も、この事件の遺族側からの要請に、あいまいな回答しかしなかったものと思われる。

鹿児島県や市としては、今後も、工場を誘致したい。そういう時に、東京から進出してくれた東西工業を、窮地に陥《おと》し込むような判断は避けたのだろうというのである。

これが、事件の概要だった。

遺族は、すぐ上告したが、今の状況では、勝ち目はないだろうという。

「今でも、白木弁護士は、東西工業のために働いているんですか？」

と、十津川は、伊東にきいた。

「顧問弁護士ですからね」

「どんな男ですか？」

「正義より、金という感じの男ですね。東西工業から、たくさん金をもらっているらしくて、ベンツとポルシェの二台の車を持っていますよ」

「東西工業の労働条件は、その後、改善されたんですか？」

「どうですかね。前の、地元の太陽工業の頃の方がよかったという人もいるくらいです。工場は、何倍にも大きくなったが、労働条件は、逆に、悪くなったんじゃありませんか」

「藤田という社長に、会ったことはありますか？」

と、十津川がきくと、伊東は、なぜか、笑って、

「二度、会っています」

「何かのパーティでですか？」

「実は、藤田という社長は、警察を励ます会というのを、勝手に作って、副会長におさまっているんですよ。警察に、多額の寄付もしてくれているので、一応、敬意は払っていますがね」

「警察を励ます会――ですか」

「藤田という男は、妙に、人を説得する力がありましてね。その会が、今では、三万人にふくれあがっているんです。会長に、県知事を祭り上げて、自分は、今いったように、副会長におさまって、会の実権を、しっかり握っているわけです」

「副会長になっていると、何か、得なことがあるんですかね？」

「直接の利益というのは、ないでしょうね。藤田社長はその会に、むしろ、毎月何十万か、運営費として寄付していると思いますよ。しかし、仕事をやろうという時には、相手に対して、圧力になるんじゃありませんか。知事も味方しているし、警察も、彼の後ろ楯だみたいな感じを受けますからね」

「東西工業は、いわゆる、同族会社みたいですね？」

「そのとおりです。それから、あの会社は、敷地内で、やたらにタイヤを燃やすので、近所から、苦情が出たことがあるんですよ。煤煙が出ますからね。その時、藤田社長は、それはタイヤの煤《すす》じゃなくて、桜島の降灰だと、突っぱねたこともありましたね。降灰は、困りものですが、藤田社長は、それを最大限に利用してるんじゃありませんかね」

と、伊東はいって、笑った。

その東西工業が、神田ゆう子と、何か関係があるのだろうか？　それに、田中刑事が、殺されたことにも。

## 4

腹部を刺された山本助役が、どうやら、命は取りとめると聞いて、木田駅長は、ほっとした。

国鉄と運命をともにして、来年四月の、民営への移行の前に、自分も辞めたいといっていた山本である。

その退職を眼の前にして、死なせたくはなかった。

木田は、もう一人の常田公安官のことが心配になって、駅長室を出ると、すぐ横にある公安官分室を、のぞいてみた。

正確には、鉄道公安官派遣所である。

二人の公安官がいたが、常田の顔は、見えなかった。

「常田さんは？」

と、木田がきくと、そこにいた一人が、

「今、川原《かわはら》公安官と二人で、構内を、見廻っています」

「危険じゃありませんか？」

「われわれも、そういったんですが、山本助役が刺されたことに、すごく責任を感じましてね。犯人の小西の顔は、自分がいちばんよく知っている。おれが、捕まえるといって、出て行ったんです。川原公安官が一緒ですから、大丈夫だと思っていますが」

「常田さんは、昨日から、あまり眠っていないんじゃありませんか？」

「仮眠は、とっていましたね。それより、私たちも、これから、小西を探しに行こうと思っています。警察にばかり、任せておけませんからね」

と、その公安官はいい、同僚を促して、分室を出て行った。

木田も、やはり、駅の構内を見て廻ることにした。

伊集院首席助役が、途中から、一緒になった。

「また、二ヵ所の自動踏切で、絶縁不良を起こしたそうです。職員が駈けつけて、手動で動かすと、いっています」

と、伊集院は報告する。

「すると、列車の遅延が、ひどくなるな」

「今、五、六分で、おさまっていますが、二十分近くなることは、覚悟しなければいけないと思います」

「台風は、どうなってるんだ？」

「さきほど、気象台に問い合わせてみましたが、動きを、やめてしまっているようです。まだ、しばらくは、今の状態が続くそうです」

「この降灰が、続くのかね？」

「そうらしいです」

「やれやれ、このむし暑さだけでも、なんとかならんかね」

歩きながら、木田は、文句をいった。

制服の下の下着は、汗で、びしょびしょになっていた。帽子の下も、汗である。

地下道に入ると、ほっとするのは、ここが涼しいからではなかった。少なくとも、地下道を歩いている限りは、空を見なくてすむからだった。

灰色の空や、音もなく降り注ぐ、桜島の火山灰を見るのは辛い。というより、正直にいえば、うんざりなのだ。鹿児島の市民も、全員が同じだと思うのだが、もう、見たくないのである。

あわただしく駈けて来る、制服の警官にぶつかった。

そのあとから、森口刑事が歩いてくるのを見て、木田は、

「犯人が、見つかったんですか？」

と、声をかけた。

「今、ヴェスヴィオで、小西らしい男を見たという知らせがあったので、これから、行ってみるところです」

と、いい、森口は、走り去って行った。

ヴェスヴィオというのは、国鉄が始めたスパゲッティのレストランである。

要らなくなった車両を利用したもので、ヴェスヴィオと名付けたのは、桜島が近いからで、いかにも、イタリア料理にふさわしかったのだが、降灰が続くと、その名前にも、腹が立ってくる。

「行ってみよう」

と、木田は、伊集院にいった。

さっき、公安官もいっていたが、この駅で起きた事件は、たとえ、それが、強盗殺

人でも、警察にだけ任せておくわけにはいかないのである。

コンコースに向かって、二人は、地下道から、駈け上がった。

改札口を抜け、外に出た。

相変わらず、降灰が続いている。

眼の前の広場に、問題のヴェスヴィオのレストランが見える。

車両を、純白に塗り、イタリアの三色旗を立てているのだが、その純白の建物が、降灰で、うす黒く汚れてしまっていた。

今朝も、従業員が、一生懸命に洗っていたし、台風の雨が洗ってくれてもいたのだが、今は、また汚れている。

そのレストランの前で、さっきの森口刑事や、制服の警官が、一人の女を捕まえているのが見えた。

若い女で、しきりに暴れている。

木田は、名前は忘れてしまったが、小西の女であることがわかった。

近くにいた人たちは、週刊誌や、帽子などで、灰をよけながら、レストランの前で繰り広げられている捕り物劇を、見つめていた。

森口刑事たちは、女の両手に手錠をかけると、西鹿児島駅の端にある派出所へ、引きずって行った。

西鹿児島駅前派出所である。

「山本君が、どんな具合なのか、様子を見て来てくれ」

と、木田は、伊集院にいった。

*5*

森口刑事は、暴れる竹内ひろみを、もて余しながら、とにかく、派出所の中に連行した。

降灰の中を連れて来たので、森口自身も、ひろみも、頭から、灰をかぶってしまっている。

森口は、手錠を外してやった。

「顔を、洗って来いよ」

と、ひろみにいった。

ひろみは、奥へ行って顔や手を洗って、戻って来た。

椅子に腰を下ろしたが、そっぽを向いてしまっている。

「何か食べるんなら、とってやるがね」

と、森口がいうと、ひろみは、むっとした顔で、

「なにさ。あそこで、食事をしていたのを、無理やり、連れて来たくせに」

「警察に、協力してほしいだけだよ。君は、まだ、何もしていない。しかし、小西のことを、かくまったりすると、共犯になってしまうよ」

「彼が、今、どこにいるかなんて、知らないわよ」

と、ひろみは、口をゆがめるようにしてから、急に、

「のどが渇いちゃったな。何か、冷たいものが欲しいわ。氷いちご、食べさせてよ」

「おい。氷いちごを頼んでくれ。ここにいる人数分な」

と、森口は、制服姿の若い警察官にいった。

警官は、駅の喫茶店に電話をかけて、氷いちごを四つ、持って来てくれるように頼んでいる。

森口は、煙草に火をつけて、

「小西は、常田公安官まで、やる気なのかね？」

と、ひろみにきいた。

「知らないわ。そんなこと」

「しかし、一緒に、ホテルに泊まっていたはずじゃないか」

「泊まってたって、知らないものは知らないわよ。それより、氷いちごは、まだなの?」

「すぐ、持ってくるよ。いいか、いっておくが、今、警察に協力しないと、君も、共犯として逮捕されるんだよ」

「その時には、彼と一緒に、同じ刑務所に入れてよね」

と、ひろみは、あっけらかんとしていった。

参ったなという顔で、森口は、肩をすくめてみせた。

西警察署から、パトカーで、伊東警部がやって来た。白いパトカーも、この降灰の中を走り廻っていると、黒く汚れてしまう。

伊東は、じろりと、ひろみに眼をやってから、森口に、

「小西の行方は、まだ、わからないか?」

と、きいた。

「残念ですが、わかりません。彼女も、知らないようです」

「知ってるわけが、ないじゃないの」

と、ひろみは毒づいた。

伊東は、彼女の言葉を無視して、森口に、

「ちょっと来てくれ」

と、いって、パトカーのところへ連れて行った。

二人は、パトカーに乗り込んだ。

「小西のことは、池谷君たちに任せておけば大丈夫だろう。君は、白木弁護士の周辺を調べてみてくれ」

と、伊東は、森口にいった。

「あの悪徳弁護士と、田中刑事殺しは、関係がありそうですか？」

「わからんがね。東京の十津川警部は、どうやら、あの弁護士をマークしているようだ。それで、君に、白木の周辺を調べてもらいたい。わかったことは、十津川警部にも知らせるんだぞ」

「昔から、あの弁護士は、気に食わなかったんです。何か、口ばかりで、うさん臭かったですからね」

と、森口はいった。

「同感だよ。それにしても、この灰は、なんとかならんかね」

伊東は、眉をひそめ、空を見上げた。

# 第七章　八月十一日(日)午後

## 1

鹿児島の市内観光バスは、午後にも、西鹿児島駅前を出発する。

コースは、午前中と同じで、ザビエル記念堂や、城山などを廻る。所要時間も同じ二時間五十分である。

バスガイドの井原《いはら》アキは、わずか八人の乗客しかいないことに、がっかりしながらも、元気に、観光案内をしていった。

午前中に、ガイドをした小島みどりの話だと、十二人しか、お客がいなかったというから、それより、四人少ないわけである。

台風一過だったら、今日は、日曜日ということもあって、きっと満員になり、臨時バスも出たはずなのだ。

八人の乗客は、よほど、鹿児島好きなのだろうと思ったが、その中に一人、アキの注意を引いた客がいた。

五十歳ぐらいの男の客だった。

特別に、妙な服装をしているというわけではない。

アキが、注目したのは、午前中のガイドをした小島みどりに、

「変なお客が一人いたわ」

と、聞かされていたからである。

その客は、五十歳ぐらいの男で、きちんと、白っぽい麻の背広を着ていたが、バスを降りると、必ず、その場所の灰を集めていたというのだ。

「あれは、きっと、大学か、研究所の人に違いないわ」

と、みどりはいっていた。

アキは、それにしては、観光バスを使うというのは、少しおかしいんじゃないかと、思っていたのである。

どうも、その変なお客と、同じ男らしいのだ。

白っぽい麻の背広を着ている。それだけでなく、バスが、観光地点で停まると、さ

っさと降りて行って、灰を、小さな紙袋に入れている。

(きっと、同じお客だわ)

と、思った。

それにしても、午前に続いて、午後の観光バスにも乗るというのは、どういう気なのだろうか?

「灰を集めて、どうなさるんですか?」

と、きいてみたかったが、相手は、折角、乗ってくれたお客である。

アキは、気持ちをおさえて、バスのガイドを続けていった。

西郷隆盛が、最後に立て籠《こも》ったといわれる洞窟の案内をしていた時である。

アキが説明している間に、その男の姿が消えた。

(また、灰を集めに行ったみたいだわ)

と、アキは思った。

ここへ来る間も、彼女が、説明している間に、時々、姿を消していたからである。

そんな時も、バスに戻ってみると、その男は、先に戻って、中に座っていた。

今度も、それだろうと思い、アキは、旗を持って、ほかの乗客とバスに戻った。

だが、今度に限って、男は、戻っていなかった。

時間がたっても、帰って来ない。

「ちょっと、見てくるわ」

と、アキは、運転手にいい、洞窟へ走って行った。

だが、その周囲を見て廻っても、男の姿は、見当たらなかった。

（しようがないわね）

と、内心、舌打ちしながら、アキは、探す範囲を広げ、近くにある郷土料理の「さつま茶屋」などを、見て廻った。

だが、見つからない。

いつもの日曜日なら、観光客が、ぞろぞろ歩いているのだが、今日はひっそりとしていて、灰だけが、降り注いでいる。

アキは、バスに戻った。

「見つからないわ」

と、運転手にいった。

「どうするんだい？」

と、運転手の二村《にむら》が、きいた。

「時間があるし、あと十分待って、戻って来なかったら、次の、西郷南洲《なんしゅう》終焉《しゅうえん》の地に、行くより仕方がないわ」

と、アキはいった。

「荷物は、車に、残っているの？」

「小さなボストンバッグが、置いてあるわ」

と、アキはいった。

「あとで、営業所へ取りに来るかもしれないな」

と、二村がいう。

十分待った。が、男は、戻って来ない。

「行きましょう」

と、アキはいった。

「いいのか？」

「いいわ」

「この降灰だからなあ」

と、二村は、フロントガラス越しに、空を見上げてから、

「もう一度だけ、二人で、探してみようじゃないか？」

と、アキにいった。

二人は、ほかの乗客に断わって、バスを降り、洞窟の方向へ、歩いて行った。

「やっぱり、いないみたいだわ」

と、アキがいったとき、二村が、

「あれは？」

と、指さした。

洞窟の近くの崖のところに、何かが、うずくまっているのが見えた。

人間には見えなかったが、近寄って見ると、あの男だった。

白い麻の背広が、灰をかぶって、黒ずんで見えたのである。

男は、俯《うつぶ》せに身体を丸めていた。

「お客さん！」

と、二村が、声をかけた。

返事がない。

「お客さん。すぐ、バスへ戻ってください」

と、アキがいい、二村が、抱き起こした。

次の瞬間、二村が、「あっ」と、声をあげた。

男の腹の辺りから、真っ赤な血が流れ出し、麻の背広を、見る間に、赤く染めていったのである。

男の顔は、もう、生気がなかった。

二村が、男の身体をゆすったが、まったく反応がない。

「死んでるの？」

アキが、ふるえる声できいた。自分でも、足がふるえているのが、わかった。

「わからないが、死んでるかもしれないな」

と、二村がいった。

「どうしたらいいの？」

「とにかく、救急車を呼んで、警察にも知らせるんだ」

と、二村はいった。

## *2*

二台のパトカーが、鑑識の車と一緒に、現場に到着した。

先頭の車から、伊東警部が、森口と一緒に降りて来た。

「また、殺人か」

と、伊東は、不機嫌に呟いた。

パトカーの前に、救急車が着いたのだが、すでに死亡しているのを、確認しただけだったのだ。

死体の上にも、灰が降っている。

「観光客か」

と、伊東がいうと、観光バスのガイドが、

「でも、変な人だったんです」

と、いった。

バスガイドの井原アキと名乗ってから、その男は、午前中のバスにも乗っていて、降灰を集めていたと、証言した。

なるほど、被害者の所持品だというボストンバッグを開けてみると、小さな袋が、いくつもあって、それに灰が詰まっていた。

それに、袋には、一つ一つ、場所が書き込んであった。

伊東は、被害者の背広のポケットを調べてみたが、財布はなくなっている。それに、名刺なども、見当たらなかった。

腕時計も、ない。

背広の裏側を見たが、ネームは入っていなかった。

「物盗りの犯行かね？」

と、伊東は、森口を見た。

「あるいは、それに、見せかけているのかもしれません」

「降灰を集めていたそうだが、どう思う？」

「灰を集めていただけで、殺されるとは思えませんが」

と、森口はいった。

「身元を知りたいから、大学の研究所へ、照会してみてくれないか。日曜日でも、誰かいるだろう」

伊東にいわれて、森口は、パトカーに戻ると、無線電話を使って、大学や、民間の研究所への問い合わせを始めた。

「どんな具合だ？」

と、伊東が、パトカーのところへ来て、森口にきいた。

「大学や、気象台では、降灰の調査はやっているが、鹿児島市内の決まった地点で、降灰量を計測しているので、個人が歩き廻って、降灰を集めたりはしないということです」

「そういえば、観光バスで、灰を集めるというのも、おかしいな」

「観光客が、珍しいんで、観光バスで、灰を集めていたんじゃないでしょうか？」

「しかし、灰なんて、どこに降るものも、同じだろう。それなのに、被害者は、バスが停まるたびに、その場所の灰を集めていたらしい。観光客が土産にするにしては、ちょっとおかしな集め方だねえ」

「それはそうですが、他府県の人間には、わかりませんから、場所によって、違うと思ったんじゃありませんか」

「もう一度、ボストンバッグを見てみよう」

と、伊東はいった。

二人は、停まっている観光バスの中に、入って行った。

ほかの乗客は、臨時のバスが来て、運んで行って、死体の発見者ということで、運転手とバスガイドが、残っている。

ボストンバッグの中に入っていたのは、紙袋に入った降灰のほかは、下着や、洗面道具などだけで、身元を証明するようなものは、見つからなかった。

伊東は、バスガイドの井原アキに眼をやって、

「午前中の観光バスにも、乗っていたというのは、間違いないのかね？」

と、きいた。確認したのは、この降灰の中で、信じられないことだったからである。

「ええ。午前中は、小島みどりさんだったんですけど、間違いないと思いますわ。彼女のいっていたとおりの人ですから」

「被害者の様子で、何か、おかしいところはなかったかね？　ほかの乗客と、口論していたといったようなことは？」

「ありませんでしたわ。あのお客さんは、一人だけ、離れた席に座っていましたし

――」

「いちばん後ろの席？」

「ええ」

「被害者と、何か、話したかね？」

「いいえ、何も。観光地点でも、あのお客さんは、あまり、私のガイドを聞いていなかったんですよ」

「その代わりに、灰を集めていたわけか？」

「ええ。そうです」

「ほかの乗客は、今、ほかのバスで観光を続けているわけだね？」

「ええ」

「今、どこのあたりかな？」

「鹿児島駅前あたりだと思いますわ」

と、井原アキがいった。

伊東は、森口に向かって、

「その乗客たちを、あとで、西警察署に、連れて来てくれないか」

と、いった。

森口が、すぐ、パトカーで鹿児島駅に向かった。

被害者の身元がわからないままに、遺体は、解剖のために、大学病院へ運ばれることになった。

3

十津川は、伊東から事件のことを聞いた。

「昨日から今日にかけて、これで、三人が殺されて、一人が、重傷です」

と、伊東は、憮然とした顔で、十津川にいった。

「灰を集めていたというのは面白いですね」

十津川は、興味を持っていった。

「外から来た人には、珍しいですか？」

伊東が、逆にきいた。

「そうですね。珍しいですよ。東京にいると、春の黄砂ぐらいしか知りませんからね。鹿児島の方《かた》は、うんざりでしょうが」

「灰を持って帰りたいと思われますか？」

「ええ。持って帰りたいと思いますね」

「鹿児島市の、いろいろな場所の灰を集めてですか？」

「いや、そこまではね。どこの灰でも、同じなわけでしょう？」

「そうなんですが、あの被害者は、観光バスで廻りながら、いろいろな場所の灰を集めていたんです」

「よほど降灰に興味を持っていたんですね」

「ええ。しかし、鹿児島の大学などの、降灰を研究する人間じゃないんです。どうも、他所《よそ》から来た観光客のようなんですがね」

「それなら、別の理由で、殺されたことになるんじゃありませんか？」

と、亀井がいった。

「そうなんですがね。物盗りの犯行という考えもあります。財布や、時計が失《な》くなっていますから。しかし、物盗りに見せかけているのかもしれない」

「犯人は、乗り合わせたほかの客ということになりますか？」

亀井が、いった。

「その可能性があるので、残りの七人の乗客に、ここへ来てもらうようにしてあります」

と、伊東はいった。

午後四時近くになって、その七人が、森口刑事に案内されて、西署にやって来た。

男四人、女三人で、その中には、若いカップルもいた。

どの顔も、降灰と、警察に連れて来られるというダブルパンチで、不機嫌そうだった。

伊東は、彼らに、まず、アイスコーヒーをふるまった。

東京から来た観光客が五人、残りの二人は、大阪からだという。

「この中で、殺された男の人と、話をした人はいませんか？」

と、伊東は、七人の顔を見廻した。

十津川と亀井は、部屋の隅で、話を聞いていた。

「僕が、ちょっと話をしましたよ」

と、手をあげたのは、カメラを持った三十五、六歳の男だった。

東京の人間で、桜島の写真を撮りに来たが、こちらへ着いてから、鹿児島市内の降灰を撮っていたと、いう。

「どんな話をしたんですか?」

と、伊東がきいた。

「僕が、降灰の模様を、写真に撮っていたら、向こうから、声をかけて来たんですよ。その写真を、焼き増しして売ってくれないかと、いわれましてね」

「それで、何と答えたんです?」

「それはかまわないけど、どこへ送ればいいのかって、きいたんです。そうしたら、あとで、宛先をいうといったんですよ。ただ、途中で、あんなことになってしまいましたがね」

「なぜ、降灰の写真を欲しがったんだと思いますか?」

「珍しいからなんじゃありませんか。降灰のせいで、昼間でも、うす暗くなっていますからね。その写真を欲しがっても、別に、不思議はありませんよ」

と、その男はいった。

「西郷隆盛の洞窟では、みなさん、全員、バスから降りたんですか？」

伊東は、七人の男女を見廻した。

全員が、肯いた。

「そこで、怪しい人間を見た人は、いませんか？」

と、伊東がきいた。七人は、顔を見合わせていたが、若いカップルの男の方が、

「人間は見なかったけど、車なら見たよ」

「車？　どんな車ですか？」

「白っぽい車だったね。僕たちのバスの後ろから、ついて来てるように見えた」

「西鹿児島駅前を出発する時からですか？」

「それは、わからないよ。最初は、気をつけてなかったから」

「その洞窟では、見たんですね？」

「近くでね。でも、僕たちのバスをつけて来たのかどうか、わからないよ。勝手に、観光地を廻っていたのかもしれないから」

「洞窟のあとはどうです？　その車を見ましたか？」

「いや、見てないな。でも、気がつかなかっただけなのかもしれない」

「車種とか、乗っていた人間は、わかりませんか？」

「そんなに気にとめてなかったので、よく見なかったからね」

「ほかの人は、その車を見ませんでしたか？」

と、伊東はきいた。が、ほかの六人は、黙っていた。

伊東は、西鹿児島駅前にある観光バスの営業所に、電話をかけ、問題のバスの運転手に出てもらって、白い車を覚えているかと、きいてみた。

「ええ、その車なら覚えていますよ。途中から気になったんです。バスに、ずっと、ついて来てましたからね」

と、運転手の二村は、答えた。

「どのあたりから、ついて来ていたのかね？」

「それが、わからないんですよ。今もいったように、途中で気がついたのでね。西鹿児島駅前を出発する時からかもしれませんね」

「車種なんかは、覚えていますか？」

「確か、白のコロナでしたよ」

「乗っていた人間は、見ましたか？」

「男が二人、乗っていましたね。サングラスをかけていたので、顔立ちまではわかりませんが」

「ナンバーは、どうですか？」

「それは、見なかったんです。別に、こちらを妨害するわけでもありませんでしたからね」

「その二人は、車から降りて来たことが、ありましたか？」

「わかりませんね、それも——」

「鹿児島ナンバーかどうかは、どうです？」

「すみません。それも、見ていないんです」

と、二村はいった。

バスガイドの井原アキに、電話を代わってもらい、同じ質問をしたが、彼女は、白い車のことも覚えていなかった。

とにかく、観光バスと一緒に、白いコロナが走っていたことだけは、間違いないようだった。

伊東は、七人の乗客に、住所と名前、それに、泊まっているホテルや旅館を、書いてもらってから、引きとってもらうことにした。

この七人の中に、犯人がいるのかもしれないし、ついて来ていたという白いコロナに、犯人が、乗っていたのかもしれない。

「十津川さんは、どう思われますか？」

と、伊東が、十津川にきいた。

「私には、なんともいえませんが――」

十津川が、あいまいにいった時、電話が鳴り、受話器を取った伊東が、顔色を変えた。

「公安室に、火炎びんが投げ込まれた？」

と叫んでから、伊東は、

「すぐ、駅に行くぞ！」

と、森口たちにいった。

4

駅長室の横にある公安官分室が、突然、炎に包まれたのだ。

降灰が続き、真夏の午後四時だというのに、周囲は、うす暗くなっていた。

それが、突然、ぱっと明るくなった。真っ赤な炎があがり、ガラスの割れる音が聞こえた。

公安官たちは、全員、駅構内の見廻りに出ていた。まだ、小西が見つからなくて、全員、神経をぴりぴりさせて、彼を探し廻っていたのである。

空室へ投げ込まれたため、怪我人はなかったが、裏をかかれた感じなのと、突然の火災で、構内は、大騒ぎになった。

駅員たちが、消火器を持って、消火にあたり、消防車も駈けつけた。

西警察署から、伊東警部たちも駈けつけ、駅の周辺に、非常線を張った。

最初、犯人は、小西か、それとも、国鉄の分割民営化に反対する人間かわからず、伊東たちの判断も、二つに分かれた。

しかし、火炎びんが、投げ込まれる直前、小西らしい男を見たという喫茶店のウエイトレスの証言があって、どうやら、犯人は、小西ということになった。

小西は、山本助役を刺したあと、逃げていたが、その間に、火炎びんを作って、機会を窺《うかが》っていたらしい。

「何がなんでも、小西を捕まえるぞ」

と、伊東は、部下たちを督励した。

小西の行動は、警察に対する挑戦とも、受け取れたからである。

木田駅長は、公安室長と一緒に、焼けた分室の中に、入ってみた。

幸い、壁やテーブルなどを焼いただけで、消し止められたが、分室の中は、ガソリンの匂いと、焼け焦げた匂いが、充満していた。

消防署員も、入って来て、溶けかかったガラスびんの破片を見つけた。どうやら、使われたのは、ビールびんのようだった。ビールの空きびんに、ガソリンを詰め、それを、火炎びんに利用したらしい。

「早く消し止められて、よかったですよ」

と、木田は、公安室長にいった。

「ひどいことをするものですな」

公安室長が、憮然とした顔で、

「小西の狙いは、やはり、常田公安官ですよ。彼は、今日はずっと、こちらの分室に詰めていましたからね」

と、木田にいった。

公安官室は、駅の裏手にある。そちらに、火炎びんが投げ込まれたのなら、公安官全員に、恨みを持っているともいえるが、狙われたのは、正面にある分室の方だった。

「常田公安官は、今、どこにいるんです？」

と、木田はきいた。

「裏口の公安官室で、休んでいます。向こうの方が、ここより、ゆっくり眠れると思ったんですよ。こちらで、休ませていたら、危なかったですよ」

公安室長は、ほっとした顔でいった。

「彼に、このことを、知らせるんですか？」

木田がきくと、公安室長は、首を横に振った。

「しばらくは、知らせずに、休ませておきます。責任感の強い男だから、自分のために、分室が焼かれたと知ったら、何をするか、わかりませんからね」

「私も、賛成ですね」

と、木田はいった。

木田が、駅長室に戻ると、電話が、やたらに鳴っている。

受話器を取ると、どれも、新聞社からで、西鹿児島駅で、火事があったというが、本当かという問い合わせだった。

最初は、丁寧に説明していたが、同じことを聞かれるので、面倒くさくなって、鳴るに任せてしまった。

それに、木田には、駅長として、ほかにしなければならないことが、山ほどあった。

降灰は、依然として続き、必死の除去作業にもかかわらず、架線に灰が積もり、踏切の警報機が故障したり、遮断機が動かなくなるのである。

さらに、駅構内の信号の故障である。このため、CTC装置が、時々、機能を停止してしまう。

その駅に停車しているはずの列車が、CTCの表示盤から消えてしまうのである。こうなると、CTCは、何の役にも立たず、いちいち、その駅に電話して、そこに列車がいるのかどうか、確認しなければならない。

そのたびに、作業員が駈けつけて信号を直し、線路や架線に積もった灰を洗い落とす。

列車の遅れは、現在、二十分から三十分に及んでいた。

このままでいくと、列車の間引き運転を、余儀なくされるだろう。

「気象台へ電話して、台風の動きを、聞いてみてくれないか」

と、木田は、伊集院助役にいった。

伊集院が、ダイヤルを回した。相手が出ると、木田は、

「私が聞こう」

と、受話器を取った。

「いつまで、台風は、鹿児島の上に居すわっているんですかね？」

と、木田はきいた。自然に、いらいらした声になってくる。

「台風の進路をふさぐ形になっていた高気圧が、弱まり始めたので、まもなく、北東に向かって動き出すはずです」

と、予報官が答えた。

「いつです？」

「もう、動き始めていますよ。今まで、鹿児島市は台風の眼の中にあったんですが、また、風雨が強くなりますよ」

予報官は、事務的な口調でいった。

ふと、木田が、耳をすますと、雨音が聞こえた。

ポツン、ポツンと、間を置いて、屋根を叩く音がしたかと思うと、突然、猛烈な豪雨になった。

「雨です」

と、伊集院がいった。

5

伊東警部たちが、西鹿児島駅に出かけてしまったあと、がらんとした部屋で、十津川と亀井は、窓の外を見ていた。

雨が降り始めていた。

豪雨である。

風も出て来た。

電話が、鳴った。が、刑事たちは出払ってしまっている。

十津川が、受話器を取った。

「こちら城山観光ホテルのフロントです」

と、相手がいった。

「西警察署ですが、どんな用ですか？」

「うちにお泊まりの神田ゆう子様ですが、今、お出かけになりました。それで、一応、お知らせしておこうかと思いまして」

「一人で、出かけたんですか？」

「はい。お迎えの車に乗って、出て行かれました」

「迎えの車？　誰か、迎えに来たんですか？」

「はい」

「そちらに、西警察署の刑事が、いるはずなんですが、呼んでくれませんか」

と、十津川がいった。

「お呼びしてみます」

と、フロントはいった。

しかし、電話口に戻ってくると、

「今、お呼びしたんですが、ご返事がありません」

「すぐ、そっちへ行きます」

と、十津川はいった。

十津川と亀井は、タクシーを拾って、城山観光ホテルに、急いだ。

さっきまで、降灰でうす暗かった街が、今は、豪雨のために、同じようにうす暗い。

城山観光ホテルへ行く登り道は、早くも、雨水が流れ落ちていた。

ホテルに着き、二人が、ロビーへ駈け込むと、広いロビーが騒がしかった。

十津川が、ボーイをつかまえて、

「どうしたんだ？」

と、きいた。

「怪我人が出たので、今、救急車を、呼んだところです」

「怪我人？」

「五階のトイレで、刑事さんが、頭を殴られて倒れているのが、見つかったんです」

「五階というと、神田ゆう子の泊まっている部屋のある階じゃないのか？」

「ええ、そうです」

「怪我の程度は？」

「僕には、よくわかりませんが、気絶なさっています」

と、ボーイがいった時、救急車のサイレンが聞こえた。

西警察署の刑事が、ソファの上に、寝かされていた。

十津川が、顔を近づけて、

「大丈夫かね？」

と、声をかけた。刑事は、眼を閉じたままである。

救急隊員がやって来て、刑事を、担架に乗せて、ロビーから運び出して行った。

十津川は、フロントに行き、

「警察に電話してくれたのは？」

と、きいた。

四十歳くらいのフロント係が、緊張した顔で、

「私ですが」

「神田ゆう子さんだが、どんな車が、迎えに来たんですか？」

と、十津川はきいた。

「白い車でした」

「彼女は、大きな機械を持って、泊まっていましたね。その機械は、どうなっていますか？」

「持って、お出かけになりました」

「持って？」

「はい、ボーイが、お手伝いして、車にのせました」

「なぜ、急に、外出したんだろう？」

「それは、わかりませんが、とても、あわてていらっしゃいました。直前にかかって来た電話のせいだと思いますが」

「電話があったんですか？」

「はい。男の方から、神田様にかかって来ました。そのあと、あわただしく外出されたんです」

「迎えに来た車ですが、白い色以外に、車種なんかは、わかりませんか？」

十津川がきくと、神田ゆう子の荷物を、車まで持って行ったボーイを、呼んでくれた。

「それは、白いコロナでした。男の人が、二人乗っていましたね」

と、そのボーイはいった。

「神田ゆう子は、その男たちと、どんなことを話していたのかね？」

亀井が、きいた。

「男の人が、『早くしてください』といっていました。そのほかには、何も、話さなかったと思いますね」

「どこへ行くか、いわなかったのかね？　その二人の男も、神田ゆう子も」

「ええ。とても、あわてていたのは覚えていますが」

「その男たちの顔は、覚えているかね？」

「それが、はっきりは覚えていないんです」

「君たちは、客商売なんだろう。それが、どうして覚えていないんだ？　おかしいじゃないか」

亀井が、叱りつけるようないい方をした。

ボーイは、青い顔になって、

「こちらに、顔を向けないようにしていたんです。だから、はっきり見えなかったんですよ」

「服装は、覚えているだろうね？」

「お一人は、夏の背広を着ていました。紺系統です。それに、サングラスをかけていましたね。運転している人は、白いブルゾンでした」

「背の高さは？」

「車を降りて来た方しかわかりませんが、百七十五センチくらいだと思います」

「それは、背広の男の方だね？」

「はい」

「白いコロナだったそうだが、車のナンバーは、覚えていないかね？」

「鹿児島ナンバーでしたが、全部のナンバーは、覚えていません」

「神田ゆう子は、あわてていたんだね？」

「はい」

「顔色は？」

「青い顔でした」

「本当に、何処《どこ》へ行ったか、わからんのか？」

「はい」

「刑事が倒れているのは、そのあとで、発見されたんだね？」

「はい、警察へ電話したあとです。五階のお客様が、トイレで、人が倒れているといって来られたので、行ってみたら、刑事さんが、気絶されていたんです」

「ここに、白木弁護士がいたはずなんだが、今、どこにいるか、知らないか？」

「さあ、知りませんが――」

と、ボーイはいった。

フロントも同じだった。白木弁護士の顔は知っていたが、所在はわからないという。

(危ないな)

と、十津川は思った。

## 6

常田公安官は、同僚に向かって、

「駅前のヴェスヴィオで、ちょっと、食事をとってくる」

と、いった。

「おれも一緒に行くよ」

と、同僚がいった。

「今は、一人で行きたいんだ」

「駄目だよ。室長から、君と一緒にいろと、いわれているんだ」

「おれは、小西の奴を、おびき出したいんだ。君と一緒だと、奴は用心して現われない。それだけならいいが、さっきは、公安官分室に、火炎びんを投げ込んだ。次は、待合室にだって、放り込むかもしれない」

「しかし、一人は、危険だよ」

「それなら、ここで見ていてくれ。警察にも、知らせておいてくれればいい」

と、常田はいった。

常田の頑固さは、よく知っているので、同僚はすぐ、コンコースにいる西警察署の伊東警部に話をした。

その間に、常田は、駅前のレストラン「ヴェスヴィオ」に向かって、雨の中を走った。

眼の前にあるのだが、それでも、滝のように落ちてくる豪雨である。車両を改造して作られた店の中に飛び込んだ時には、かなり、濡れていた。

内部も改造して、小さなシャンデリアをつけ、クーラーも新しく、洒落《しやれ》た店になっている。スパゲッティの店だが、観光客には、人気がある。

いつもは、ほぼ満員で、時々は、列ができたりするのだが、今日は、この不安定な天気のせいか、若いカップル二組だけだった。

常田は、テーブルにつき、注文をいってから、窓の外を見た。

激しい雨滴が、窓ガラスを洗っている。そのせいで、駅の正面がゆがんで見える。

(小西は、おれが、この店に入るのを見たろうか?)

見ていれば、必ず、襲ってくるだろう。八年前のあの時、山本助役よりも、常田の方が、小西を、手ひどく殴っている。公安官という立場もあったし、ああいうチンピラが、嫌いだったからだ。

山本助役を襲ったのだから、自分を見逃すとは思えない。

運ばれて来たスパゲッティを食べながらも、常田は、窓の外を見続けた。

カップルの一組が、出て行った。残ったのは常田を入れて三人である。これだけすいていれば、小西が飛び込んで来ても、ほかの客に、迷惑をかけずにすむだろう。

スパゲッティを食べ終わったが、小西は、現われない。

（失敗かな）

と、拍手抜けした気分で、料金を払い、店を出た。

相変わらず、激しい雨である。駅の入口まで走ろうとした時だった。

突然、背後から、男が、ぶつかって来た。

とっさに、身体をひねったが、かわし切れず、脇腹に、ナイフが突き刺さった。

「この野郎！　殺してやる！」

と、男が、びしょ濡れの顔で吠《ほ》えている。

小西だった。彼は、店に入らず、店の裏側で、雨に濡れながら、常田の出て来るのを、じっと待っていたのだ。ナイフを手に。

常田は、脇腹を押さえて、立ち上がった。血が流れ落ちている。すっと、気が遠くなってくる。

「小西、逮捕する」

と、常田がいった時、駅の正面から、伊東警部と森口刑事、それに公安官二、三人が、豪雨の中に、飛び出して来た。

小西は、それに気がついて、逃げ出した。

伊東と森口は、傷ついた常田を、同僚の公安官に任せて、小西を追った。

噴水のある池の横に、小西が逃げる。池の両側は、タクシーとバスの乗り場で、屋根の下で待っている人たちが、あっけにとられた顔で、追いかけっこを、見ていた。

池を抜けると、「若き薩摩の群像」と題された記念塔がある。大理石の塔に、何体もの青銅《ブロンズ》の若者の像を飾ったものである。

その横をずぶ濡れの小西が、走り抜ける。

その先は、大通りで、渡れば、商店街だった。伊東は、小西を、そこへ逃げ込ませたくはなかった。

「止まれ！」

と、叫び、拳銃を、空に向けて射った。

豪雨の中でも、その音が聞こえたとみえる。小西が、一瞬、身体をすくませた。

森口が、飛びついていった。二人の身体がもつれて、雨の中に転がった。

# 第八章　八月十一日（日）夜

## *1*

五時を過ぎても、依然として、風と雨が強い。叩きつけるような雨足である。そのせいか、すでに夜の感じだった。

十津川と亀井は、タクシーを停め、道路の向こう側にある「白木法律事務所」の看板を見つめていた。

五階建てのビルの一階と二階が、白木法律事務所である。

神田ゆう子が、白いコロナに乗り、二人の男と消えてしまった今、彼女を見つけ出さないと、田中刑事を殺した犯人に辿《たど》りつけない気がしたのだ。

ここが東京なら、部下の刑事たちを動員し、パトカーを走らせ、好きに、捜査を展開することができる。

しかし、ここは、東京ではなく、鹿児島だった。

十津川が、自由にできるものは、自分の身体と、亀井の協力だけである。

捜査したい場所や、人間は、ほかにもあるのだが、今、亀井と二人でできることは、神田ゆう子を監視していたと思われる白木弁護士を、調べることである。

車の窓ガラスを、雨が、滝のように流れている。

運転手は、週刊誌を見ているが、時々、好奇の眼を、十津川たちに向けてくる。

「車が来ました」

と、亀井が、小声でいった。

水しぶきをあげながら、黒塗りの車が走って来て、ビルの入口に停まった。

ベンツ500SELである。

「白いコロナじゃないね」

と、十津川も、小声でいった。

男が、ビルから出て来て、そのベンツに乗り込むのが見えた。

ビルの入口の明かりで、一瞬、その男の顔が、はっきり見えた。

「白木弁護士ですよ」

と、亀井がいった。

白木が、リアシートに乗り込むと、黒塗りのベンツは、豪雨の中を走り出した。

十津川は、運転手の肩を叩いて、

「頼むよ。つけてくれ」

と、いった。

亀井が、鹿児島市の地図を広げた。運転手に、時々、今、どこを走っているか聞いて、ボールペンで、印をつけていった。

「海岸へ向かっていますね」

亀井が、いう。

十津川は、亀井の示した地図に眼をやった。どうやら、フェリーボートが出発する桜島桟橋に向かっている感じだった。

急に、窓の外の景色が変わり、商店街に代わって、大きな倉庫が立ち並んでいるのが見えて来た。

倉庫の向こう側は、港らしい。が、この激しい雨で、五、六メートル先しか見えない。

黒いベンツは、その倉庫の一角に停まっていた。

倉庫の名前が書いてあるのだが、窓ガラスが雨で濡れて、よく見えない。十津川は、窓を開けた。

とたんに、雨滴が、猛烈な勢いで吹き込んで来たが、その倉庫の看板の文字は、読み取ることができた。

〈東西海運〉

と、読めた。

十津川は、急いで窓を閉めてから、

「東西工業と、何か関係があるのかな?」

「ありそうですね」

と、亀井がいう。

白木弁護士は、倉庫の中に入ったようだが、中が、どうなっているのか、何をしているのか、ここから見ていたのでは、まったく、見当がつかなかった。

「あの倉庫の入口は、あそこだけかね?」

と、十津川は、運転手にきいた。

「さあ、わかりませんが、海岸通りにも、あるんじゃありませんか。そうじゃないと、品物を、船に積むとき、不便だからね」

運転手は、当然のことをいった。

十津川は、笑って、

「じゃあ、あの倉庫を、ぐるりとひと廻りしてくれ」

「何か、危ないことが、起きるんですか？」

「その時は、すぐ、逃げた方がいいな」

亀井が、笑いながらいった。

タクシーは、ゆっくり、雨の中を、眼の前の倉庫に沿って、廻り始めた。

海岸通りに出ると、吹きつけてくる風と雨が、いっそう、激しくなる。港の海面は波立ち、岸壁を乗り越えた波が、海岸通りまで洗っている。

「白いコロナがあります！」

亀井が、緊張した声でいった。同じ倉庫の裏口というのか、こちらが表口なのか、わからないが、白いコロナが停めてあるのが、眼に入った。

「どうします？」

と、亀井がきく。

「どうやら、神田ゆう子は、この倉庫の中にいるらしいね。乗り込みたいところだが」

十津川は、迷った。令状を持っていないから、拒否された時、それを押しのけて、中に入ることはできない。

「この車の無線を、使わせてもらえないか」

と、十津川は、運転手にいい、指令室を通して、西警察署への伝言を頼んだ。

神田ゆう子が、白いコロナに乗って、城山観光ホテルを出たこと、張り込んでいた刑事が、病院に運ばれたことは、伊東警部宛に書き残して来たが、この倉庫に来ていることは、当然、伝わっていないからである。

運転手が、勢い込んで、西警察署への伝言を指令室に頼んでいる間も、十津川は、雨の中にそびえる東西海運の倉庫を、見つめていた。

風と雨の音が聞こえるだけで、倉庫は、静まり返り、人の出入りもない。

「何もできんというのは、いらいらしますね」

と、亀井がいう。

運転手が連絡し終わったところで、十津川は、

「向こうの白い車の傍へ、寄せてみてくれ」

「いいんですか？」

「寄せるだけだよ。向こうの車の中を、見たいんだ」

と、十津川はいった。

運転手は、タクシーを、白いコロナの横へぎりぎりまで寄せていった。向こうのルーフにはねた雨滴が、こちらの車に当たるぐらいの近さである。

十津川は、窓ガラスを下げ、首を突き出すようにして、コロナの車内を、のぞき込んだ。

誰も、乗っていないのだが、リアシートに、何か、小さく光るものが見えた。

（指輪かな？）

と、思ったが、はっきりしない。

十津川は、車を離してもらい、雨の中に降りて行った。

眼を開けていられないほどの強さで、雨が顔にぶつかる。海岸通りなので、なおさらなのだろうが、身体が、吹き飛ばされそうになった。

十津川は、コロナに近づくと、窓ガラスに、顔を押しつけて、リアシートをのぞいた。

シートの隅で、何か光っている。眼をこらすと、やはり指輪だった。小さいが、ダイヤらしい。

十津川は、急いで、タクシーに戻った。

「どうでした？」

と、亀井がきく。

「神田ゆう子かどうかわからないが、あの車に、女性が乗っていたことは、間違いないね」

「どうします？」

と、亀井が、またきいた。

「伊東警部たちは、まもなく、ここに来ると思うから、先に、二人で入ってみるか」

と、十津川はいった。

タクシーの運転手には、県警の刑事たちが来たら、あの倉庫に入ったと伝えてくれと、いっておいて、二人は、車を降りた。

「ホーンを鳴らしてくれ」

と、十津川は、運転手にいった。

運転手が、倉庫の入口に、タクシーを近づけて、ホーンを鳴らした。

入口の扉は、なかなか開かない。が、運転手が鳴らし続けると、やっと開いて、男が、顔を出した。

「誰だ？」

と、その男が、眉をひそめて、きいた。

「警察だ。中を見せてくれないか」

十津川は、警察手帳を、わざと男の眼の前に、突きつけた。

「ちょっと、待ってくれ」

と、男はいい、奥へ引っ込んだ。断わるのかなと思い、その時には、どうするかと、十津川が考えていると、男は戻って来て、

「入っていいよ」

と、いった。

意外だなと思い、十津川は、亀井と顔を見合わせてから、中に入った。

重い扉が閉まると、猛烈な風雨が遮断されて、嘘のように、静かになった。

一階に、梱包された木箱が、山積みされている。小型のフォークリフトが、隅に停めてある。

二階が、事務所になっていて、男が、壁側の階段を、先に昇って行った。

男が案内した部屋には、白木弁護士が、一人で、パイプをくわえていた。

城山観光ホテルで会った時は、渋面を作っていたが、今度は、なぜか、笑顔で、十津川たちを迎えた。

「確か、城山観光ホテルで、会いましたね」

と、白木は、十津川に向かっていった。

「なぜ、ここにいるんですか？」

十津川は、意地の悪い質問をした。

「僕は、この東西海運の顧問弁護士もやっているので、時々、顔を出すんですよ」

と、白木はいう。

「すると、やはり、ここは、東西工業と関係があるんですか？」

「同じ系列の会社です。最近になって、東西工業が買収したわけです。東西工業は、ますます、大きくなっていきますよ」

白木は、誇らしげにいった。

「外に、白いコロナが停まっていましたが、あれは、誰の車ですか？」

「なぜです？」

「質問しているのは、こっちですよ」

「たぶん、東西海運の人間の車だと思いますが、僕には、わかりませんね」

「あの車に、神田ゆう子が乗って、城山観光ホテルを出たと聞いているんですが、彼女が、どこへ行ったか、知りませんか？」

「神田ゆう子？　知りませんね。あのホテルでも、同じことを聞かれましたが、どこの誰ですか？」

「とにかく、あの白いコロナの持ち主に会いたいんですよ。どこにいます？　まさか、車を、この倉庫の前に置いて、雨の中に消えてしまったわけじゃないでしょう？」

「おい！」

と、白木は、背後のドアに怒鳴った。

三十歳ぐらいの男が、一人出て来た。

「外に停めてあるのは、君の車じゃないのか？」

と、白木がきくと、男は、黙って肯いて、じろりと、十津川を見た。

「あそこへ、停めちゃいけないんですか？」

「君の車なら、私と一緒に、来てくれ」

と、十津川はいった。

十津川は、亀井を事務所に残して、その男と、下へ降りて行った。

「君は、ダイヤの指輪をしているかね？」

階段を降りながら、十津川がきいた。

「そんなもの、おれがしているはずないじゃないか」

と、男は、吐き捨てるようにいった。

扉を開けると、とたんに、激しい風音とともに、雨が吹きつけてきた。

「おい、この雨の中で、何をしようというんだ？」

と、男が文句をいう。

「いいから、車を開けて、中を見せるんだ」

十津川は、厳しい声でいった。

男が、カギでドアを開けると、十津川はリアシートに、身体を入れ、ダイヤの指輪を、つまみあげた。

金の部分の裏側に、「Y・K」のイニシアルが彫ってあった。

十津川は、その指輪を、男の鼻先に突きつけて、

「これは、誰のものだね？」

「知らないな。そんな指輪は」

と、男は、いったが、指輪を見たとたんに顔色が変わったのを、十津川は、見逃さなかった。

「神田ゆう子を、ホテルから、この車で運んだな？」

「知らないな、そんな女は？」

「じゃあ、なぜ、この指輪が、リアシートに、落ちてるんだ？」

「それは、いつだったか乗せた女が、落としたんだろう」

「どこの何という女だ？」

「クラブのホステスだよ」

「どこのクラブの何というホステスだ？」

「そんなこと、どうだっていいじゃないか」

「よくはないな。このままだと、誘拐容疑で、逮捕するぞ」

「冗談じゃねえよ。弁護士に相談するよ」

と、男がいった時、県警のパトカーが、二台、水しぶきをあげながら、到着した。

前のパトカーから、伊東警部と森口刑事が、降りて来た。

「こっちへ来てください！」

と、十津川が呼んだ。

## 2

駈けつけたのは、伊東警部以下四人の刑事である。

十津川は、早口で、ここに眼をつけた事情を、説明した。

伊東は、聞き終わってから、白木に向かって、

「神田ゆう子を、どこへ連れて行きました？」

「知りませんな、そんな女は」

「隠すと、面倒なことになりますよ」

と、伊東がいうと、白木は、鼻先で笑って、

「面倒なことになるのは、そっちじゃないんですかね。令状も持たずに、押しかけて来て、勝手に、われわれを、誘拐犯呼ばわりする。これは、完全な職権乱用でしょう。告訴して、あなたを、警察から追放することだってできるんですよ」

「証人がいるんだ」

と、亀井が、白木を睨んだ。

「証人？」

「城山観光ホテルのボーイだよ。神田ゆう子が、外の白いコロナに乗るのを見ている。その時、車にいた二人の男もね。あのボーイを呼べば、はっきりするんだ」

「それだけじゃあ。何の証拠にもならんね。たとえ、乗せたとしても、途中で降ろしたかもしれんじゃないか」

白木は、傲然《ごうぜん》とした態度で、いった。

「では、この指輪は、どう説明するんですかね？　車のリアシートにあったし、イニシアルは、Y・K、神田ゆう子ですよ」

と、十津川はいった。

「Y・Kなら、加藤ユキ子かもしれんじゃないですか」

と、白木は笑ってから、

「あなた方は、やたらに、神田ゆう子というが、その女を、なぜ、われわれが誘拐しなければならんのですか？　動機がありますか？　あるのなら、教えてもらいたいものですね」

「じゃあ、彼女を、ここへ連れて来てはいないというんですね？」

十津川は、念を押した。

「知らない女を、連れてくるはずがないじゃありませんか」

「そうですか」

十津川は、急に、事務所を出ると、階段を降りて行った。

倉庫の壁にかかっている手斧《おの》を手に取ると、それを、近くにあった積み荷の木箱に向かって、振り下ろした。

音を立てて、木片が飛び散った。

驚いて、事務所から、白木たちが飛び出して来た。

「何をするんだ！」

と、白木が、階段を駈け降りながら、怒鳴った。

「ごらんのとおり、中の荷物を見たいと思ってね」

十津川は、落ち着き払った声でいった。

「冗談じゃない。大事な積み荷を、何だと思ってるんだ」

白木が、異常とも思える、激しい眼つきで、十津川を睨んだ。

「責任は、私が持つ。それでよかろう」

と、十津川も、日頃の柔和《にゅうわ》さに似合わない声で、いい返した。

「やめるんだ。やめないと、こっちも、何をするかわからんぞ」

白木は、スパナを摑んで、十津川に近づいた。

十津川は、いきなり内ポケットから、拳銃を取り出して、白木に狙いをつけた。

さすがに、ぎょっとした顔で、白木は、立ちすくんだ。

「何をするんだ？　気が狂ったのか？」

「いいか、私の邪魔をしたら、容赦なく射殺する。これから、ここにある荷物を全部、開けてみる。中に、神田ゆう子が入っていなかったら、私の負けだ。警察を辞めるよ」

「警部！」

と、亀井が、あわてて声をかけた。

十津川は、笑って、

「大丈夫だよ、カメさん。神田ゆう子が、この荷物のどこかに、入れられていることは、間違いないんだ。カメさんも手伝ってくれ」

と、いった。

「わかりました」

と、亀井はいい、二人で、次々に、木箱を開けていった。

鹿児島の物産が出てくるが、神田ゆう子は、なかなか見つからなかった。

十津川は、ちらりと、白木に眼をやった。

木箱が、一つ、二つと開けられても、神田ゆう子が見つからないのだから、喜ぶべきなのに、白木の顔が、逆に、いっそう険しいものになっていくのに、十津川は気づいた。

「警部。本当に、この荷物の中に、彼女がいるんですか?」

心配して、亀井がきく。

「奴の顔色を見ろよ」

と、十津川はいい、新しい積み荷の箱を、こわしにかかった。

その瞬間、白木が、近くにいた森口刑事を突き飛ばして、反対側の出口に向かって、突進した。

ほかの男たちも、そのあとを、追った。

「捕まえろ!」

と、伊東警部が叫んだ。

十津川は、かまわずに、大きな木箱のふたを、取り外して、中をのぞき込んだ。

細かいポリエチレンの破片が詰めてあるその下に、女の髪の毛が、のぞいていた。

十津川は、亀井を呼び寄せて、二人で、ぐったりしている神田ゆう子の身体を、木箱から助け出した。

「生きてるよ」

と、十津川はいった。

エーテルの強烈な匂いがするのは、嗅がされて、意識を失っているのだろう。

「すぐ、救急車を呼びます」

亀井は、電話するために、二階の事務所に駈け上がって行った。

3

その頃、倉庫の外では、雨中のカーチェイスが、始まっていた。

黒のベンツと、白いコロナに乗った白木たちが、フルスピードで逃げるのを、伊東たちの二台のパトカーが、追いかけた。

横なぐりの雨の中を、水しぶきをあげながら、走る。

途中から、無線で呼び寄せられたほかのパトカーも、このカーチェイスに、参加した。

伊東警部と森口刑事の乗ったパトカーは、黒のベンツを、追った。

こちらのパトカーを運転するのは、ベテランの森口である。

猛烈な雨のために、前方を逃げるベンツの姿が、見えたり、見えなくなったりする。

「畜生！」

と、森口は、相手が見えなくなるたびに、文句をいった。

道路には、雨水が流れを作っている。強風のために、倒れた街路樹がある。

(まるで、これは、障害物競走だな)

と、伊東は思った。

逃げるベンツが、カーブを切ったとたんに、雨のために、激しくスピンして、こっちに向かって、黒い車体が滑って来た。

「この野郎！」

と、森口が叫び、あわててハンドルを回す。とたんに、パトカーもスピンした。

車体が、ぐるぐる回る。ブレーキを踏んでも止まらない。二つの車体が、回転しながらぶつかった。

一瞬、早く立ち直ったベンツが、またアクセルを踏み込んで、走り出す。パトカーが、それを追う。

ベンツは海岸沿いの錦江通りを、鹿児島新港の方向に疾走する。この豪雨の中で、百キロは出ているだろう。

（無茶をしやがる）

と、森口は思いながら、こっちも、アクセルを踏み込んでいった。

突然、眼の前に、電柱が倒れてきた。ブレーキをかけても間に合わないので、アクセルを、さらに踏み込む。一瞬の間で、通過した直後、後方で地響きがした。

風雨は、ますます強くなった。

台風が、最大風速で、通り過ぎようとしているのだろう。

ワイパーは、役に立たなくなった。車が、滝の中に突っ込んでしまった感じだった。

「おい、スピードを落とせ」

と、伊東がいった。

「しかし——」

「奴らを、逃がしやしないよ。それより、事故でも起こしたら大変だ」

と、伊東がいい、森口は、スピードをゆるめた。そのまま、錦江通りを、ゆっくり走らせて行った。

「おい、止めろ！」

と、突然、伊東が、大声で叫んだ。

どしゃ降りの雨の中で、前方に、黒っぽいかたまりが、見えたからである。

森口が、ライトを向けた。

道路の端に、あの黒いベンツが、見事に引っくり返っているのが見えた。

スピードを出しすぎて、横転したらしい。

「こんなものさ」

と、伊東はいい、ドアを開け、雨の中に飛び出して行った。

森口も、拳銃を取り出して、伊東のあとを、追った。

あっという間に、全身が、ずぶ濡れになった。強い雨足が、容赦なく頭を、顔を、身体を叩く。

二人は、引っくり返っているベンツのところまで歩き、屈んで、車内をのぞき込んだ。

「生きてるようだ」

と、伊東がいった。

「救急車を、手配します」

と、森口はいい、パトカーに戻った。

## 4

嵐の中を、神田ゆう子は病院に運ばれた。

彼女が、意識を回復したのは、発見から二時間後の午後八時近くになってからである。

伊東警部が、彼女から話を聞き、十津川と亀井も同席させてもらった。

彼女の話は、次のようなものだった。

六月一日。彼女のところに、前に勤めていた民間の公害研究所の、下川《しもかわ》が訪ねて来た。

下川は、五十三歳。研究所の副所長で、その生真面目な研究態度や、正義感を、ゆう子が、尊敬していた人だった。

下川はゆう子に向かって、頼まれた仕事があるのだが、手伝ってくれないか、といった。

ゆう子は、その研究所に勤めていた頃、下川と組んで、いくつかの仕事をしていた。そのせいで、下川が、誘ったのだろう。

ただ、下川は、これは、危険な仕事になるかもしれないと、いった。理由をきくと、下川は、こんな話をした。

仕事というのは、鹿児島市内の人からの依頼だった。東西工業という廃車処理工場で働く二人の作業員が死亡した。その死因をめぐって、遺族から、桜島の降灰を調べてもらいたいと、いうのである。

死亡原因を、遺族側が、劣悪な労働条件によって、肺に粉塵が付着し、それが、死亡につながったと主張したのに、会社側は、肺の内部が黒く汚れていたのは、桜島の降灰によるものと主張している。

桜島の降灰の実態を調べて、こちらのいい分の正しさを、証明してほしいというのである。

だが、その依頼が来た翌日から、下川への脅迫が始まった。無言電話が、ひっきりなしにかかり、速達で、カミソリが届けられた。

危険を承知で、手伝ってくれないかと、下川はいった。研究所の人間は、怖がって、鹿児島行きを承知しないのだとも、いった。

ゆう子は、一日考えて、下川に協力して、鹿児島へ行くことにした。それだけ、下川を尊敬していたからである。

二人は、小型の、粉塵の分析器を持って行くことにした。

大阪から、西鹿児島行きの寝台特急「明星51号」に乗ったのだが、二人とも、見張られていたらしく、車内で、早くも、嫌がらせが始まった。

トイレに立った下川が、デッキに出たとたんに、何者かに殴られた。これは、軽傷ですんだが、ゆう子も、脅しをかけられた。

寝台が、いつの間にか、水で、びしょびしょにされていたり、「すぐ帰れ、さもなければ、殺すぞ」と書かれた紙が、置いてあったりしたのである。

このままでは、西鹿児島に着くまでに、二人とも殺されてしまうかもしれない。そう考えたゆう子は、車内にいる犯人を、迷わせてやろうと、考えた。

その方法というのが、ラブレター作戦だった。便箋に、「あなたを愛しています」とだけ書き、それを、封筒に入れて、車内の強そうな男に渡すのである。

犯人は、彼女を見張っているはずだから、渡すところも、当然、見るはずである。まさか、一行だけのラブレターとは思わないだろうから、何か大事な連絡と考えるに違いない。そうなれば、犯人の注意が散漫になる。

ゆう子は、それを狙ったのである。この奇妙なラブレターをもらった男の方も、別に悪い気はしないだろうし、あとで、説明すればわかってくれるに違いないとも、考えたのだ。

まさか、その男たちが殺されるとは、考えもしなかった。

しかし、現実に、二人の男が相次いで、殺されてしまった。

ゆう子は、殺された二人の人に対しては、申し訳ないと思う一方、それなら、どうしても、下川に協力して、依頼された調査をする必要があると、考えた。

二人が一緒にいては危険なので、ゆう子は、分析器を持って、城山観光ホテルに泊まり込み、下川の方は、別のホテルに泊まり、市内各地の降灰を集めることにした。

今日になって、下川が、車にはねられて負傷し、病院に運ばれたという電話が入った。

ゆう子は、下川の泊まっているホテルに電話してみたが、帰っていないといわれた。

負傷は、本当らしい。その病院から迎えの車が来て、下川が、分析器を持って来てくれといっているというので、機械と一緒に乗り込んだ――。

「そのあとは、車の中で、麻酔薬を嗅がされて、気がついたら、病院だったんですわ」

と、ゆう子は、伊東警部にいった。

そのあとで、ベッドに起き上がると、

「下川先生に、すぐ連絡を取りたいんです。先生が負傷したというのは、嘘だったんですから、今頃、私からの連絡を待っているに違いないんです」

と、いった。

伊東は、小さな溜息をついてから、

「その下川という人は、白い麻の背広を着て、身長百六十五センチくらい、痩せた男の人じゃありませんか？」

「ええ、そうですけど、ここに、来ていらっしゃるんですか？」

「いや、違います」

「じゃあ――」

急に、ゆう子は、声を途切らせた。青ざめた顔がゆがんだ。

「悲しいことですが、その方は、死にました。市内のいろいろな場所で、灰を採取している途中で、刺されて、殺されたんです」

「先生が――」

ゆう子の眼から、突然、涙があふれた。

(彼女は、下川という男を、愛していたのかもしれない)

と、十津川は、話を聞いていて、思った。だからこそ、危険を承知で、ここに来て、しかも、逃げ出さなかったのだろう。

「これから、どうしますか?」

と、伊東が、ゆう子にきいた。

「下川先生は、降灰を集めていらっしゃったと思います」

「ええ。それは警察で、保管してあります」

「分析器ですけど——」

「それも東西海運の倉庫で見つかりました」

「それなら、先生の遺志をついで、私は、ここに、しばらく残って、依頼された方に応えたいと思いますわ」

と、ゆう子はいってから、

「ただ、私は、結果的に、二人の方を死なせてしまっているんです。もし、それが、罪に問われるのでしたら、いさぎよく刑に服しますけど」

「どうですか? 十津川さん。あなたの部下が、殺されたんですが」

と、伊東は、十津川を見た。

「彼女が、殺したわけじゃありませんからね」

とだけ、十津川はいった。

## 5

午後十時。

鹿児島鉄道管理局管内で土砂崩れが二ヵ所、起きていた。

土砂が、線路を埋め、列車が立ち往生している。

作業員が、必死で、復旧作業にあたっているが、今のところ、開通の目処《めど》は立たない。

CTC制御室は、完全に、機能を止めてしまった。列車が動かないのだから仕方がなかった。

木田係長は、職員に向かって、

「みんな少し休め。復旧するまで、どうしようもないんだからな」

と、いった。

木田駅長の方は、コンコースに貼り出された案内板を見ていた。

土砂崩れのため、鹿児島本線、日豊本線とも、現在、運転中止しているという案内だ。

伊集院助役が、駈けて来て、

「鹿児島本線の方は、あと、二十分ほどで、復旧するそうです」

と、木田にいった。

「じゃあ、すぐ、この案内版を書きかえて、構内放送もしなければならんな」

「わかりました」

と、伊集院はいった。

放送室に、メモが廻され、構内放送が、始まった。

――長時間お待たせしておりますが、鹿児島本線は、あと二十分で、復旧作業が終わります。もう一度、お伝えします。鹿児島本線は、まもなく復旧いたします。

木田はぼんやり、それを聞いていたが、はっきり聞こえることに、気がついた。

ついさっきまでは、激しい風雨のせいで、構内放送が、よく聞こえなかったのだ。

「少し、おさまって来たらしいね」

と、木田は、伊集院にいった。

二人は、地下道を通り、第3ホームに上がってみた。鹿児島本線の到着ホームである。

ついさっきまで、吹きつける風と雨で、ホームに立っていられなかったのに、今は、風も消え、雨は、やんでしまっている。

鹿児島本線が、まもなく復旧すると放送したので、戸を閉めていた売店も、やっと、戸を外して、営業を再開した。

駅全体が、息を吹き返した感じだった。

「驚きましたね。月が出てますよ」

伊集院が、空を見上げて、木田にいった。

黒い雲が、激しく動いているのだが、その雲の切れ間から、月がのぞいた。

「台風一過か」

と、木田が呟いた。

「そうらしいですが、このあとが大変です。それに、また、灰が降ってくるんじゃありませんかね」

「後始末と、降灰か」

木田は、ホームの端に立って、線路を見下ろした。

排水用の溝を、あふれながら、雨水が流れている。

(川も、これから、水嵩《みずかさ》が増すな)

と、木田は思った。

川が氾濫したら、線路も水浸しになって、また、列車が動かなくなってしまうだろう。

「今日は、まだ、日曜日だったね」

と、木田は、改めて伊集院にいった。

「そうです」

「明日から、Uターンも始まるな」

大きなUターンではないが、都会のサラリーマンは、短い休暇をとって、帰省しているから、明日にも、鹿児島から、大都会へ戻って行くのだ。

それに間に合うように、列車が動くようにしたい。

構内の信号が青になった。鹿児島本線が、よくやく復旧したのである。

隣りの第2ホームの4番線に、停車したままになっていた、博多行きの上り列車の車内にも、急に、明かりがついた。

待合室で、辛抱強く待っていた乗客が、どっと改札口を通り、4番線に上がって来た。

6

十津川と、亀井は、西警察署に戻った。

田中刑事を殺した犯人は、白木弁護士に金で傭《やと》われた男二人だと、わかった。彼らは「明星51号」の車内でも、向井田俊二を殺している。

二人の犯人の名前は、宮沢剛《みやざわたけし》と、大木力《おおきつとむ》といったが、名前は、さして、重要ではなかった。

二人とも、元暴力団員である。それも、十津川には、どうでもよかった。

田中刑事が、こんなことに巻き込まれて、殺されてしまったことに、腹が立って仕方がないのだ。

その点では、神田ゆう子の行為も、許せないと、思うのだ。

「いま、田中君の奥さんは、枕崎に、いたんだったかな？」

と、十津川は、亀井にきいた。

「いるはずです」

「じゃあ、明日、枕崎に行って、奥さんに、犯人が逮捕されたことを報告して来るよ」

「私も、一緒に行きましょうか？」

「そうしてくれるかね」

「私も、田中が自慢していた、南の海を見てみたいんです」

と、亀井はいう。

「少し、歩いてみないか」

「雨がやみましたか」

と、亀井はいい、二人は、外に出た。

雨は、完全にやんでいた。月も出ている。

「今度の事件の主犯は、いったい、誰なんですかね？」

歩きながら、亀井がきいた。

「リーダー格は、白木だろう。東西工業社長の藤田に頼まれて、動き廻ったらしい」

「元暴力団員を、傭ってですか？」

「出発がいけなかったんだ。亡くなった東西工業の社員に、きちんと、払うべきものを払っておけば、よかったのに、それをしなかった。それだけじゃなくて、死因は、降灰のせいだと、主張した。その強引さが、今度の事件を生んでしまったんだ」

「東西工業は、どうなるんですか？」

「藤田社長のワンマン会社だそうだから、彼が逮捕されて、どうなるのかね。潰れはしないかもしれないが、経営形態は、変わる可能性もあるということだよ」

「本当は、どうなんでしょうか？」

「何がだい？」

「あの猛烈な降灰は、身体に悪いんですかね？」

「そりゃあ、身体にいいとは思えないが、東西工業が、降灰のせいで社員が死んだというのは、めちゃくちゃだよ。一年中、降灰が続いているわけじゃないからね」

と、十津川はいった。

「また、灰が降って来るんですかね？」

亀井は、夜空を見上げた。

雲は、どんどん切れて行く。月明かりが、前よりも、強くなった。

降灰の気配はない。

「秋になると、風向きが変わって、鹿児島市に灰は降らなくなるんだと、タクシーの運転手もいっていたじゃないか」

と、十津川はいった。

「立秋は、いつでしたかね？」

「八月八日だろう」

「それなら、もう、風向きが変わっても、いいんじゃありませんかね」

と、亀井がいった。

いつのまにか、西鹿児島駅前に、来ていた。

駅構内に入ってみる。

コンコースの売店や、食堂、喫茶店などは、すべて、もう、店を閉めていた。明日の月曜日に、Uターンして行く人たちなのだろう。駅員に、明日の列車が、正常に動くかどうか、聞いている。

改札口のところに貼り出された紙には、鹿児島本線は、動き出したが、日豊本線は、土砂崩れのため、まだ復旧していないと、書いてある。

「指宿枕崎線は、大丈夫なんですか？」

と、十津川は、明日のことがあるので、駅員にきいてみた。

「大丈夫です。正常に動いています」

と、駅員はいった。

ほっとして、二人は駅を出た。

「カメさんは、腹が、すかないかね？」

と、十津川がきいた。

「すいています。考えてみたら、夕食を食べていなかったんですよ」

亀井は、笑いながらいった。

「じゃあ、食べに行こう。この時間でも、どこかやってるだろう」

と、十津川はいった。

# エピローグ　八月十二日（月）朝

## 1

木田駅長は、駅長室で眼をさました。これで、二日間、家に帰らず、駅長室で寝ている。

木田は、しばらく、じっと眼を閉じていた。

眼を開けて、外を見るのが怖いのである。

台風は、抜けて行ったが、また、降灰が始まるからである。

それでも、木田は顔を上げて、窓に眼をやった。

（明るいぞ）

と、思った。

降灰が続いていた間、空は暗く、当然、窓の外も暗かったのだが、それが、今朝は、明るいのだ。

窓を開けた。

陽が射し込み、爽《さわ》やかな空気が、流れ込んで来た。

太陽の光は、相変わらず強烈だが、風は、意外にひんやりしている。

（風向きが変わったぞ！）

と、思わず、大声で、叫びたくなった。

駅長室を出て、コンコースを抜け、駅の外へ足を向けた。

駅前の広場にも、噴水のある池にも、記念塔の上にも、太陽が、さんさんと降り注いでいる。

木田は、広場に出て空を見上げ、全身に、太陽の光を浴びてみた。頭上には、噴煙はない。

遠くに眼をやると、桜島の噴煙が、はっきり見えた。こちらに、たなびいていないのだ。

広場にいる人たちも、一様に、生き生きして見える。

木田は、駅長室に戻ると、ほっとして、朝食をとることにした。二階のレストランから取った朝食を食べていると、伊集院助役が、「お早うございます」といって、入って来た。

「早速ですが、山本助役は、快方に向かっているそうです」

「早く退院できるといいがね」

と、木田はいってから、

「列車の運行状況はどうだね？」

「今のところ、正常に、動いています」

「日豊本線も、大丈夫かね？」

「午前二時に復旧したので、始発から平常どおり、動いています」

「そうか。よかった」

木田は、笑顔になって肯いた。

## 2

十津川と亀井は、枕崎までの切符を買った。

コンコースでは、指宿観光協会が、「指宿へどうぞ」のキャンペーンをやっていた。ミス指宿も、三人いて、パンフレットを配っている。

改札口を入ろうとすると、伊東警部が駈け込んで来た。見送りに来てくれたのである。

伊東は、一緒に、2番線まで上がって来た。

枕崎行きの列車は、もう入線していた。

発車まで、七分ほど時間がある。その間、十津川は、ホームで、伊東と話をした。

「おかげで、連中から、自供がとれました」

と、伊東は、いくらか疲れの見える顔で、十津川にいった。

「白木弁護士も、素直に喋りましたか？」

と、十津川がきくと、伊東は笑って、

「奴も、あれだけ証拠があったんでは、どんないいわけも、ききませんよ。それに、彼に傭われた二人が、あっさり吐いてしまいましたからね」

「東西工業は、しばらく営業停止ですか？」

「そこが、難しいところでしてね」

「と、いいますと？」

「鹿児島市には、これといった産業がない上に、不景気ですから、どうしても、若者は、外へ出て行ってしまいます。そこで、工場誘致ということになるんですが、最近は、工場の進出が、思うようにいきません。東西工業は、うさん臭い会社ですが、ともかく、東京から来てくれたわけです。市議会なんか、東西工業の藤田社長に、感謝状を出したくらいなんです」

「なるほど」

「その東西工業を、営業停止にしてしまうと、次の工場誘致に支障を来すのではないかという声が、市議会にも出て来そうなんですよ」

と、伊東はいった。

「わかりますが――」

とだけ、十津川はいった。

ホームのベルが鳴ったので、十津川と亀井は、車内に入った。

枕崎行きの気動車が、ゆっくりと、ホームを離れた。車内は、八十パーセントぐらいの乗車率だろうか。

子供連れが多いのは、まだ、夏休み中だからだろう。小さな子供たちが、通路を走り廻っている。

二人は、向かい合って腰を下ろした。

夏の太陽が、いっぱいに射し込んでくる。

十津川は、窓を開けた。

鹿児島湾の海面が、大きく広がり、気持ちのいい風が、車内に飛び込んで来た。

「海だよ。カメさん」

と、十津川は、声をはずませた。

鹿児島に着いてから、今日まで、忙しかったとはいえ、明るい気分で、海を見たことはなかったのである。

「海ですねえ」

と、亀井も、嬉しそうにいった。

明るい、きらきら光る海だった。

# 解説

山前　譲（推理小説研究家）

鉄道がキーワードとなっている西村京太郎作品のすべてを語ろうとしたら、いくら時間があっても足りないだろう。その魅力は多岐にわたるが、つねに「駅」がベースとなっているのは間違いない。我々を旅に誘う重要な施設だからである。出発点となる駅に着き、改札を通り、プラットホームで列車の到着を待つ。そして乗車——目的地がどこであれ、心躍《おど》る旅は駅から始まる。

一方、駅そのものも今、注目を集めているようだ。まったく人気《ひとけ》のないところにポツンとあるいわゆる秘境駅である。十津川シリーズでも、『飯田線・愛と殺人と』や『十津川警部　仙山線〈秘境駅〉の少女』などで舞台となってきた。

とりわけ、愛知県の豊橋駅と長野県の辰野駅を結ぶ飯田線の秘境駅が注目を集めている。季節列車として急行「飯田線秘境駅号」が走っているほどだ。利用客がほとんど（まったく？）いなくなった駅にノスタルジーを感じるのだろうか。だが、そんな小さな駅にも、興味深い歴史が秘められている。

そうした鉄路の駅にとりわけスポットライトを当てた十津川警部たちの活躍が、一九八四年刊の『東京駅殺人事件』に始まる「駅シリーズ」である。この『西鹿児島駅殺人事件』はそのシリーズの第四作だ。

爆破予告の脅迫電話に始まる『東京駅殺人事件』、東北・上越新幹線の上野駅開業の日に爆破事件が起こる『上野駅殺人事件』、そして逃亡した殺人犯を十津川らが追う『函館駅殺人事件』と、これまでの三作はそれぞれに西村作品らしいサスペンスに彩《いろど》られていたが、『西鹿児島駅殺人事件』では危険ないくつかのラインが並走し、西鹿児島駅へと収束していく。

まずは鹿児島湾に位置する桜島の噴火による降灰だ。レールに灰が積もると、列車集中制御装置（ＣＴＣ）に不具合が生じてしまう。自動化された踏切にも支障が出る。さらに、架線やパンタグラフに灰が積もると、列車が停まってしまうこともある。だから西鹿児島駅の鉄道マンは降灰に敏感だ。もちろん、桜島はそれまで何度となく噴火しているから、鉄路もそれに備えている。だが、自然は忖度《そんたく》などしない。鉄道マンの対策も万全とは言えないのである。

そこに追い打ちをかけるのが台風の接近だった。進路によっては鹿児島を直撃するかもしれない。そうなればますます、桜島の灰が降ってくるかもしれない。駅員の心配は深まるのだった。

一方、鹿児島の西警察署でも危惧《きぐ》すべき事態が起こっていた。八年前の夏、西鹿児島駅表口のタクシー乗り場であったケンカ騒ぎの果てに、殺人事件を起こした男が、府中刑務所から出所したという連絡が入ったのだ。その男、小西は駅の助役と鉄道公安官に恨みを抱いていた。そのふたりとも、まだ現役である。もし小西が鹿児島へ帰って来たら、何かが起こる？

そんな時、警視庁捜査一課の田中刑事が、妻子とともに枕崎の実家に帰ろうとしていた。新大阪から西鹿児島駅へと向かう寝台特急「明星51号」に乗ったその田中が、列車内で見知らぬ女から不思議な手紙を受け取る。そして到着した西鹿児島駅の構内で……。

実際、一九八五年に桜島の降灰で国鉄の列車が停まったことがあるという。車輪とレールの間に灰が五ミリ程度積もると、不具合が生じるとのことだ。自然の脅威と共生している鹿児島の人たちの姿が、西鹿児島駅をひとつのキーポイントとしてこの長編で語られていく。

そしてもうひとつ、重要なラインの変更がこの長編の背景となっている。日本国有鉄道（国鉄）の民営化という、ドラスティックなポイントの切り替えだ。『西鹿児島駅殺人事件』は一九八七年五月にカッパ・ノベルス（光文社）より刊行されたが、その年の四月に国鉄はＪＲグループ七社ほかに分割民営化されたのである。

「民営化」は日本経済の大きなキーワードとなっているが、巨額の赤字を抱えていた国鉄の再建策がその先駆けと言えるだろう。本書で事件が起こっているのは、その民営化の迫っているときである。だからそこかしこに、将来を見通せない鉄道マンの不安な心情が描かれている。

一八七二（明治五）年に新橋・横浜間で営業運転を開始した日本の鉄道は、明治政府の財政難により、半官半民の日本鉄道のほか、関西鉄道、山陽鉄道、九州鉄道、北海道炭礦《たんこう》鉄道といった五大私鉄を中心に、民間の財力が投入されて全国に展開されていった。たとえば東日本の大動脈となった東北本線は、一八九一年に上野・青森間が全線開業しているが、その時は日本鉄道の路線だったのである。

それが一九〇六年、鉄道国有法が公布されて、主要路線が国有化されていく。もちろん大小さまざまな私鉄も走っていたけれど、全国を鉄路で結んでいたのは国鉄だった。特急が、夜行列車が、あるいは新幹線が日本各地を走る。ビジネスに観光にと、鉄道の旅の主役は国鉄だった。その国鉄が分割民営化という道を歩まなければならなかった経緯を語る余裕はないが、『西鹿児島駅殺人事件』は日本の鉄路の、明治以来の大変革の時を背景にしている。

路線をいたるところに延ばし、一方で廃線も余儀《よぎ》なくされてきたその鉄路は、まるで生き物のようだ。また、個々の駅にも消長があり、これも生き物のように姿を変えてきた。そして旅好きの人ならば、今、「西鹿児島」という名称の駅のないことを知っているかもしれない。かといって、西鹿児島駅が廃止されてしまったわけではない。鹿児島中央駅として健在なのである。

西鹿児島駅は一九一三（大正二）年、川内《せんだい》線の武《たけ》駅として設置された。駅舎はすでに設けられていた鹿児島駅のものを移築したそうである。その鹿児島駅は一九〇一年の開業だ。当初、九州西側の鹿児島への鉄路は、途中から内陸に向かっていた。現在の肥薩線から先に建設されたのだ。

一九二七（昭和二）年、熊本方面から海岸沿いの路線が全線開通し、現在の鹿児島本線となる。同時に武駅は西鹿児島駅と改称された。戦後、西鹿児島駅は旅客の発着駅として発展していく。そして一九七一年、九州の東側を走る日豊本線も含めて、特急などの優等列車が西鹿児島駅発着と変更された。

だから、本書に登場する「明星」も、終点は西鹿児島駅なのである。ただ、寝台特急に関していえば、民営化後は利用客がいっそう減少し、次々と廃止されていった。

もともと東京・大阪間を走っていたのが、一九六八年に関西と九州を鹿児島本線経由で結んで走るようになった「明星」も、一九八六年十一月のダイヤ改正で廃止となってしまう。だから本書は、「明星」にとってメモリアルなミステリーだと言える。二〇一九年、関西と九州を結ぶ夜行列車「サロンカー明星号」が団体臨時列車として走り、かつての「明星」のヘッドマークが掲示された。それだけ「明星」に思いを寄せる鉄道ファンが多いということだろう。

一方、九州の鉄路を大きく変えたのは新幹線である。二〇〇四（平成十六）年三月、九州新幹線が一部開通した。それと同時に、西鹿児島駅が鹿児島中央駅と改称されたのだ。二〇一一年三月、博多から鹿児島まで九州新幹線が開通し、山陽新幹線との直通運転も開始された。ＪＲ九州が中心となって商業施設が整備され、新幹線の最南端の駅として鹿児島中央駅は賑わっている。

もちろん『西鹿児島駅殺人事件』の木田駅長や吉村助役たちは、そうした将来のことは知る由《よし》もないが、桜島の灰と台風からいかに鉄路を守るかに奮闘している姿は、じつに頼もしい。これぞ鉄道マンだろう。そして鹿児島へと向かった十津川警部や亀井刑事は、犯罪に敢然と立ち向かっている。西鹿児島駅を中心に繰り広げられる、「駅シリーズ」ならではのサスペンスたっぷりのストーリーを堪能できるに違いない。

一九八七年五月　カッパ・ノベルス
二〇一〇年一〇月　光文社文庫

西《にし》鹿《か》児《ご》島《しま》駅《えき》殺人《さつじん》事件《じけん》

西村《にしむら》京《きょう》太郎《たろう》



講談社文庫

定価はカバーに
表示してあります

2020年2月14日第1刷発行

発行者――渡瀬昌彦
発行所――株式会社 講談社
東京都文京区音羽2-12-21 〒112-8001
電話 出版 (03) 5395-3510
販売 (03) 5395-5817
業務 (03) 5395-3615

Printed in Japan

デザイン―菊地信義
本文データ制作―講談社デジタル製作
印刷―――株式会社廣済堂
製本―――株式会社国宝社



ISBN978-4-06-518661-9

# 講談社文庫刊行の辞

二十一世紀の到来を目睫に望みながら、われわれはいま、人類史上かつて例を見ない巨大な転換期をむかえようとしている。

世界も、日本も、激動の予兆に対する期待とおののきを内に蔵して、未知の時代に歩み入ろうとしている。このときにあたり、創業の人野間清治の「ナショナル・エデュケイター」への志を現代に甦らせようと意図して、われわれはここに古今の文芸作品はいうまでもなく、ひろく人文・社会・自然の諸科学から東西の名著を網羅する、新しい綜合文庫の発刊を決意した。

激動の転換期はまた断絶の時代である。われわれは戦後二十五年間の出版文化のありかたへの深い反省をこめて、この断絶の時代にあえて人間的な持続を求めようとする。いたずらに浮薄な商業主義のあだ花を追い求めることなく、長期にわたって良書に生命をあたえようとつとめるところにしか、今後の出版文化の真の繁栄はあり得ないと信じるからである。

同時にわれわれはこの綜合文庫の刊行を通じて、人文・社会・自然の諸科学が、結局人間の学にほかならないことを立証しようと願っている。かつて知識とは、「汝自身を知る」ことにつきていた。現代社会の瑣末な情報の氾濫のなかから、力強い知識の源泉を掘り起し、技術文明のただなかに、生きた人間の姿を復活させること。それこそわれわれの切なる希求である。

われわれは権威に盲従せず、俗流に媚びることなく、渾然一体となって日本の「草の根」をかたちづくる若く新しい世代の人々に、心をこめてこの新しい綜合文庫をおくり届けたい。それは知識の泉であるとともに感受性のふるさとであり、もっとも有機的に組織され、社会に開かれた万人のための大学をめざしている。大方の支援と協力を衷心より切望してやまない。

一九七一年七月

野間省一

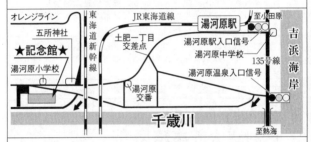

# 講談社文庫 最新刊

木《この》原《はら》音瀬《なりせ》
**嫌な奴**
BL界屈指の才能による傑作が大幅加筆修正で登場。これぞ世界的水準のLGBT文学！

鳥羽 亮
**お京危うし**
〈鶴亀横丁の風来坊〉
仲間が攫《さら》われた。手段を選ばぬ親分一家に、彦十郎は奇策を繰り出す！〈文庫書下ろし〉

丸山ゴンザレス
**ダークツーリスト**
〈世界の混沌《カオス》を歩く〉
危険地帯ジャーナリスト・丸山ゴンザレスの、世界を股にかけたクレイジーな旅の記録。

山本周五郎
**雨あがる**
〈映画化作品集〉
黒澤明「赤ひげ」、野村芳太郎「五瓣《ごべん》の椿《つばき》」など、名作映画の原作ベストセレクション！

加藤元浩
**量子人間《クオンタムマン》からの手紙**
〈捕まえたもん勝ち！〉
密室を軽々とすり抜ける謎の怪人からの挑戦状！ 緻密にして爽快な論理と本格トリック。

三浦明博
**五郎丸の生涯**
残されてしまった人間たち。その埋められない喪失感に五郎丸は優しく寄り添い続ける。

石川智健
**エウレカの確率**
〈経済学捜査と殺人の効用〉
自殺と断定された事件を伏見《ふしみ》真守《まもる》が経済学的視点で覆す。大人気警察小説シリーズ第3弾！

蛭田亜紗子
**凜**
開拓期の北海道。過酷な場所で生き抜こうとする者たちがいた。生きる意味を問う傑作！

マイクル・コナリー
古沢嘉通 訳
**レイトショー（上）（下）**
ボッシュに匹敵！ ハリウッド分署深夜勤務《ナイトシフト》・女性刑事新シリーズ始動。事件は夜起きる。

さいとう・たかを
戸川猪佐武 原作
歴史劇画 **大宰相**
〈第四巻 池田勇人と佐藤栄作の激突〉
高等学校以来の同志・池田と佐藤。しかし、「次は君だ」という口約束はあっけなく破られた——。

講談社文芸文庫

# 庭の山の木

庄野潤三

解説＝中島京子　年譜＝助川徳是

家庭でのできごと、世相への思い、愛する文学作品、敬慕する作家たち——著者のやわらかな視点、ゆるぎない文学観が浮かび上がる、充実期に書かれた随筆集。

しA15
978-4-06-518659-6

# 明夫と良二

庄野潤三

解説＝上坪裕介　年譜＝助川徳是

何気ない一瞬に焼き付けられた、はかなく移ろいゆく幸福なひととき。人生の喜びとあわれを透徹したまなざしでとらえた、名作『絵合せ』と対をなす家族小説の傑作。

しA14
978-4-06-514722-1

# 講談社文庫　目録



2019年12月15日現在